花菱夫妻の退魔帖　二　目次

淡路の君
上臈の怨霊で幽霊を食らう。花菱一族の女で、かつて淡路島に島流しにされた貴人の怨霊を慰める役割を担っていた。
孝冬
神職華族である花菱男爵家の次男で、現当主。商人として手広く商売をするかたわら、淡路の君のため幽霊をさがして与えている。
鈴子
瀧川侯爵家の末娘。侯爵と瀧川家の女中だった母との間に生まれ、幼少期を浅草の貧民窟で過ごす。元「千里眼少女」。17歳。
花菱夫妻と十二単の女

花菱夫妻にまつわる人々

嘉忠（右）・嘉見（左）

嘉忠は本妻の子で瀧川家跡取り。嘉見は雪子と朝子の弟。

雪子（右）・朝子（左）

鈴子の異母姉で、双子。千津の娘。

千津

瀧川侯爵の妾で、雪子、朝子、嘉見の母。

タカ

鈴子の御付の女性。

由良

孝冬の使用人。

わか

由良の幼なじみ。

銀六

母亡き後の鈴子の面倒を見ていた男性。

テイ

銀六とともに鈴子の面倒を見ていた女性。鈴子の母の友人。

虎吉

銀六、テイとともに鈴子と暮らしていた老人。

イラスト　斎賀時人
デザイン　ウチカワデザイン

黄昏の客人

庭に茜《あかね》色の陽《ひ》がさしている。

青紅葉が照り映えるいっぽう、いびつにねじれた枝を伸ばした老松の影と、かたわらに佇《たたず》む石灯籠《いしどうろう》の影が、湿った土の上で絡み合っている。

陽はすぐに翳《かげ》り、あたりを薄藍の帳《とばり》が包んでゆく。

ざざ、と湿り気を含んだ風が松の梢《こずえ》を揺らした。石灯籠の前に影が立つ。年老いた男の姿をしている。うなだれた頭には白髪さえ乏しく、身にまとう紋付羽織袴はいずれもすり切れて色褪《あ》せており、着方はだらしがない。

夕闇が一段と濃くなる。男の姿は、いつのまにか縁側に移っている。雪見障子が勢いよく開いた。

屋敷の内に、悲鳴が響き渡った。

＊

古染付の香炉から、薄い煙がひと筋、立ちのぼる。たちまち香気があたりに満ちた。清冽で奥深い、だがどこかうらさびしい香りだった。

香木《こうぼく》の名を、『汐《しお》の月』という。これを毎朝薫《た》くのが、花菱《はなびし》家に嫁入りした鈴子《すずこ》の役目である。

鈴子は旧姓を瀧川《たきがわ》といい、もと大名家だった侯爵家の末娘である。先だって男爵である花菱孝冬《たかふゆ》と結婚して、花菱男爵夫人となった。歳は十七、豊かでつややかな黒髪に、きりりとした意志の強そうな目が際立つ白い顔、まっすぐ伸びた背筋も美しい。初夏の風を思わせる、清々《すがすが》しい美貌の持ち主である。

「鈴子さん、火箸《ひばし》を」

孝冬にうながされて、鈴子は手にしていた火箸を彼にさしだす。香を薫く作業に慣れぬうちは火傷《やけど》をしてはいけないからと、孝冬がいまは付き添っている。

鈴子が孝冬に出会ったのは、およそひと月半前、大正九年四月も末の夜のこと。さる子爵邸に現れた亡霊を、孝冬が十二単《じゅうにひとえ》の女の怨霊《おんりょう》に食わせて、それを鈴子が目撃した。その鈴子に孝冬が求婚した——というのがなれそめである。もっとも鈴子はそのとき、すぐさま『いやです』と、令嬢にあるまじき明確さをもって、断った。それでも紆余曲折《うよきょくせつ》を経て、鈴子は孝冬と結婚した。先週新婚旅行から帰ってきたばかりである。

新婚旅行を終えて、鈴子は麹町《こうじまち》にある花菱邸で暮らしはじめた。花菱家はもともと淡《あわ》路島《じしま》にある神社の宮司で、維新後は男爵に列せられた。いわゆる神職華族である。孝冬自身は次男で、養子に出されていたが、長男の死亡により家に戻って跡を継いだ、といういきさつがある。屋敷は蔦《つた》の絡まる瀟洒《しょうしゃ》な煉瓦《れんが》造りの洋館だ。その一室で、鈴子は孝冬とともに香を薫いている。

鈴子は薄くたなびく煙を見つめる。

毎朝香を薫くしきたりをはじめて、まだ日が浅い。そのせいか、香がただようといつも緊張に体がこわばる。いまにも、あの上臈《じょうろう》の怨霊が、姿を現しそうで――。

この香木には、『淡路の君』という、十二単をまとった美しい女の怨霊が憑《つ》いている。花菱家の先祖であるらしい。花菱家の当主は代々、淡路の君に死霊を与え、食わせてきた。そうしないと、取り殺されるからだという。

鈴子は、淡路の君を恐ろしく思う。間近に彼女を見たときの、あの洞《うろ》のような黒い瞳。赤くひび割れた唇。呑み込まれ、食われるのではないかという恐れが肌にしみ渡る、あの感覚。鈴子は淡路の君に選ばれた。だから孝冬と結婚することになった。いまや香のにおいは鈴子の体にしみついて、逃れられない。

「鈴子さん」

背中に孝冬の手が添えられた。ほのかなぬくもりが広がる。

「大丈夫ですよ。朝、これを薫くときに淡路の君が現れることはありませんから」

その言葉よりも、背に感じるあたたかさに、鈴子の緊張はほどけた。ふっと肩から力が抜ける。不思議なものである。孝冬に出会った当初は、ひどくうさんくさいひとだと思っていたのに。

鈴子は孝冬を見あげる。上背のある孝冬の顔を見ようと思うと、顎《あご》を反らせて見あげなくてはならない。孝冬は彫《ほ》りの深い端正な顔立ちをしている。精悍《せいかん》な面差しには、二十六という歳のわりに熱の低い、どこか老成した雰囲気もあった。濃い鳶《とび》色の瞳は深閑《しんかん》とした森の奥の暗がりのようで、翳りがあるが、鈴子に向けられるまなざしはやわらかい。そこには最初のころのような、考えの読めない、得体《えたい》の知れない胡乱《うろん》さはもう感じない。孝冬が変わったというより、鈴子の彼を見る目が変わったのだろう。

「ご気分は悪くありませんか？」

「ええ」

毎朝、香を薫くたび、くり返される会話である。おおよそ孝冬の鈴子に対する態度というのは丁寧すぎるほどで、ともすればまるで従者と姫君のようだった。

――最初から、私はあなたにかしずいているようなものですからね。

前に孝冬がそう言ったのを、鈴子は思い出す。意味のよくわからない言葉だったが。

孝冬はあのとき、鈴子に従う、と言った。『淡路の君を退治したい』と言った鈴子に。

鈴子は、淡路の君に幽霊を食わせて養うのではなく、祓《はら》うことを決めた。

淡路の君は、『魔』である。それを退けると決めたからには、恐れてばかりはいられない。

鈴子は心を落ち着かせて、香炉から立ちのぼる煙を見すえた。


「それでは、私は出かけますので」

香を薫くための『汐月の間』を出ると、孝冬はそう告げて足早に玄関に向かおうとするので、鈴子は驚いた。

「朝食は召しあがらないのですか」

「これから横浜に向かわないといけないもので。すみません。明日の朝食はご一緒できると思います」

話しながら歩き、孝冬は廊下に控えていた家従の由良《ゆら》から背広を受けとると、さっと羽織る。今日の出で立ちは白い麻の三つ揃いで、長身の孝冬によく似合う。カフスボタンとタイピンは紫水晶、ネクタイは鳩羽鼠《はとばねず》、いずれも鈴子が選んだものだ。孝冬が選んでほしいと乞うので、このところ小物はいつも鈴子が選んでいる。

パナマ帽を手に自動車の後部座席に颯爽と乗り込むと、孝冬は鈴子に笑みを向け、去っていった。せわしないことである。無理もないが。

孝冬は『薫英堂《くんえい》』という薫香の会社を経営している。本社は横浜、東京に支社があり、製造所は淡路島だ。もとは孝冬の養い親の家が淡路島で代々やっていた商売だという。維新後、横浜に本社を置き、そこに孝冬は養子に出されたというわけだ。男爵を継いでからも孝冬は養い親の商売を手伝い、彼らが隠居《いんきょ》してからは自身が経営を担っている。孝冬は横浜と東京を行ったり来たりで、そうとうに忙しい身なのだ。結婚前までは帰宅しないこともままあったようだが、いまはどれだけ夜遅くなっても帰ってくる。朝、鈴子とともに香を薫くためである。

さすがに二度、三度とこなせば香を薫くくらいのことはひとりでできる。だが、孝冬は鈴子ひとりでやらせようとはしない。火傷が心配だからか。あるいは、鈴子が淡路の君を恐れているためか。恐れを見せぬよう、平気な顔をしているつもりだが、孝冬には見抜かれているだろう。

鈴子は玄関先にしばし佇んでいたが、ふうと息をついて、きびすを返した。扉のそばに由良が控えていたので、思わずびくりとする。鈴子がなかに入ると、彼は黙って扉を閉めた。一礼して、去ってゆく。由良は孝冬よりすこし下くらいの歳だろうか、落ち着いた佇まいなのでもっと上にも見える。目元の涼やかな、引き締まった顔立ちの様子のいい青年だが、つねに無表情で口数もすくない。というよりも、「かしこまりました」など仕事上、発する必要のある言葉以外を聞いたことがない。どことなく冷ややかなものを感じるのは、気のせいではないだろう。冷淡さを感じる使用人は、彼だけではないからだ。

花菱邸にいる使用人は、十名ほど。すくないと思うが、華族のなかには使用人がひとり、ふたりしかいない家もあるそうなので、とりわけすくないということもないのかもしれない。鈴子の実家である瀧川家では常時五、六十人はいたので、驚いてしまったが。

——この屋敷はそう広くもありませんし、住んでいたのが私だけでしたからね。

と、孝冬は説明した。

使用人たちはほぼ全員が花菱家の故郷である淡路島出身の者たちで、大掃除などで人手のいるさいには、やはり淡路島から人員をつれてくるそうだ。瀧川家でも国許《くにもと》のひとを雇う場合が多いので、その辺はおなじである。なぜ国許の者を選ぶかといえば、そのほうが信用できるからだ。ことに瀧川家はもと大名家で、土地の者にとってはいまでも『殿様』である。家の内で醜聞《しゅうぶん》があっても、べらべらと言いふらすような不忠《ふちゅう》を働かない。醜聞がないのがいちばんなのだが、現当主である鈴子の父は放蕩者《ほうとうもの》で、そうした話題に事欠かない。鈴子は父が女中に手をつけて生ませた娘である。

花菱家もひととおりでない複雑な家なので、口の堅い者を選りすぐっているのだろう。彼らはいずれも口数がすくない。それはいいのだが、加えてあまりにもそっけなかった。まず、鈴子と言葉を交わす気がまるで感じられない。たとえば「そろそろ梅雨《つゆ》入りかしら」などと言ってみても、「さあ……」と返事にもならない言葉を返すのみである。使用人と主人のあいだには厳然たる壁があり、親しくするものではない。とはいえ、彼らの態度はそういった点からそっけなくしているという感じでもなく、もはや無礼である。花菱家の嫁として、主人として認められていないのだろうか。家令の御子柴《みこしば》だけは例外で、冷ややかさを感じないけれども、彼は彼で愛想《あいそ》がない。愛嬌《あいきょう》のかけらもない鈴子にそんなことを言われたくはないだろうが。

鈴子は使用人たちと仲良しこよしになりたいわけでもないし、主人として認められたいと切望しているわけでもない。ただ、孝冬とのことが気がかりなのである。

孝冬と使用人たちとはいったいどんなふうなのだろうと観察してみると、孝冬は彼らに用事を言いつける以外話しかけないが、そういうとき両者のあいだには妙な緊張感のようなものがただよっている。鈴子は孝冬に向けられる彼らのふとしたまなざしに、能面《のうめん》のような表情の端に、冷たさと蔑《さげす》みを感じる。

鈴子は、新婚旅行先の葉山《はやま》で孝冬が顔馴染みの少年と交わしていた会話を思い出す。少年は花菱邸で暮らす孝冬を心配していた。

——孝冬さん、東京のお屋敷で虐められてない？　大丈夫？

孝冬はそれに笑っていた。当主を虐める使用人はいない。それはそうだろう。だが。

孝冬の祖父は彼を跡継ぎにするべく偏愛《へんあい》し、父や兄を排除しようとした。その祖父が死んで、孝冬は追い出されるようにして養子に出されたのだ。使用人のなかには、孝冬の父や兄に同情し、孝冬を快く思わない者もいるのだろう。そのうえ……と鈴子は顔を曇《くも》らせる。孝冬が父でなく祖父の実子であることも、使用人たちは知っているのだろうか？　孝冬をいまでも苦しめる、出生の秘密について……。

孝冬にとってこの屋敷は、忌《い》まわしい思い出の眠る場所でもあり、けっして居心地のいい、心安らぐ場所ではないのだ。

「……」

——あのひとは、いやな顔ひとつ見せないけれど……。

玄関ホールでひとり難しい顔をして考え込んでいる鈴子に、由良が「朝食の準備ができておりますが」と呼びに来た。

花菱家の朝食は洋食である。ふっくらとしたあたたかなパンも、とろりとした炒り卵もおいしかったが、ひとりで食べるには食堂は広々としすぎていて、肌寒かった。

「お嬢——奥様、羽織はこちらにしましょうか」

御付女中《おつき》のタカが紗の羽織を手に問う。タカは瀧川家の女中だったが、鈴子の嫁入りに際してついてきてくれることになった。婚家で右も左もわからぬ鈴子にとっては、非常に心強い。まだ『奥様』と呼ぶのに慣れず、『お嬢様』と呼びがちではあるが。

タカが手にしているのは淡い紅藤色の地に紫陽花《あじさい》が描かれた紗の羽織、衣桁《いこう》には白いぼかしの入った鳩羽鼠の地にやはり紫陽花を描いた紋紗縮緬《もんしゃちりめん》の単衣《ひとえ》、象牙色の地に銀糸で観世水《かんぜみず》を刺繡《ししゅう》した絽《ろ》の夏帯がかかっている。

今日明日にでも梅雨入りかという、ぐずついた天気のつづく六月のなかば、蒸し暑い日もあれば急に冷える日もあり、着る物には迷う。

「寒くないかしら」

「今日は陽がさしておりますし、昼にはだいぶ気温があがりますよ」

「あなたがそう言うなら、そうなんでしょうね」

四十過ぎのタカは年の功なのか、こういうとき外さない。タカが暑くなると言えば汗ばむ陽気になるし、気温がさがると言えば肌寒くて震えることになる。

「紫陽花に緑の葉がございますから、帯揚げはこちらの裏葉柳で。帯締めも――いえ、帯締めは帯に合わせましょうか。帯留めを翡翠《ひすい》にして……そうすると羽織紐は水晶かしら……」

タカは箪笥《たんす》の抽斗《ひきだし》を開けて、帯締めや羽織紐を手にぶつぶつとつぶやいている。今日は一段と鈴子の衣装選びに気合いが入っている。出かけるからである。それも、異母姉たちとの食事だ。日本橋の料理屋に行く予定になっている。着道楽の異母姉たちに会うとあって、タカは張り切っているのである。

「お姉様たち、お元気かしら」

「そりゃあ、お元気でございましょう。こうしてお食事にお誘いなさるくらいですから。あちら様のほうが、よほどお嬢……奥様をご心配なさっておいででしょう」

「葉書は葉山から出したのだけれど」

異母姉の朝子《あさこ》に雪子《ゆきこ》、異母兄の嘉忠《よしただ》に嘉見《よしみ》。そして朝子、雪子、嘉見の母である千津《ちづ》に葉書を送った。父には出していない。どうせ読みはしない、というより、家に帰りもせず花街でふらふらしているだろうから、出してもしょうがない。

「それでよけい、お顔を見たくなったんじゃありませんか。妹離れできてらっしゃらないかたがたですからね」

「それで奥様、羽織紐は水晶でよろしゅうございますか」

「紫水晶のがあったでしょう。それがいいわ」

「紫のほうで？　それもよろしゅうございますけれど——ああ、今日の旦那様のカフスボタンとタイピンは、紫水晶でございましたね」

目を三日月型に細めるタカに、

「べつに、合わせようというのじゃないわ。一緒に出かけるわけじゃないのだし……」

「ご一緒でしたらよろしゅうございますのにねえ」

いそいそとタカは紫水晶の羽織紐をとりだす。うれしそうである。タカは目鼻立ちがはっきりとして、ことに目がぎょろりとして眉が太く、いかり肩のがっしりとした体格でもあるので、妙に迫力がある。はじめて会ったときは、子供心に怖いと思ったものだ。それが笑うとくしゃりと皺《しわ》が寄り、とたんに親しみやすい顔になるのだった。

タカは紫水晶の珠を連ねた羽織紐を箪笥の上に置き、その隣に水紋を象《かたど》った銀細工に翡翠をあしらった帯留めを並べる。着替えの用意が整った。鈴子はそれまで着ていた普段着の着物を脱いで、長襦袢《ながじゅばん》に袖を通す。長襦袢の衿《えり》には、紫陽花の細かな刺繍が美しい、絽縮緬の半衿が縫い付けられている。タカがうしろから紋紗の単衣を羽織らせた。鈴子はあとの着付けをタカにすっかり任せて、室内に目を向ける。

鈴子の私室にとあてがわれたのは、鳥の子色の地に花と蔓草文様《つるくさもんよう》の壁紙に囲まれた、明るい部屋である。おそらく孝冬の祖母、母と代々の夫人の私室だったのだろうか、洋箪笥や化粧台、テーブルといった調度品はいずれも優美な曲線を備えた造りで、花の彫刻が施されている。床に敷かれた絨毯《じゅうたん》は藤鼠《ふじねず》に花模様、暖炉《だんろ》は細かな蔦の浮き彫りの入った白い石造り。全体的に品がよく、繊細さを感じる設《しつら》えだった。気に入らねば壁紙も調度品も取り替えると孝冬は言ったが、鈴子はこのままでいいと告げた。実際、気に入っている。

帯を締め、帯留めを通した白い三分紐の帯締めを結んだところで、タカは鈴子を鏡台の前に座らせる。ゆるく結い上げていた髪をほどいて、櫛《くし》でとき直す。結婚前は三つ編みにした髪をうなじのところで巻いてリボンを飾っていたが、いまだに女学生のようなそんな髪型でいるわけにもいかない。三つ編みにするところまではおなじだが、それを後頭部でまとめてピンで留める。

「髪飾りは、百合にしましょうか」

鏡台の抽斗から、タカは造花の髪飾りをとりだす。百合のほかに薔薇《ばら》や勿忘草《わすれなぐさ》のブーケといったものもある。大ぶりの白百合を、まとめた髪の横に挿すと、顔まわりがぱっと華やぐ。死んだ魚のような目、などと孝冬に言わしめたことのある鈴子の目も、初々しく輝くように見えた。

「完璧な淑女《しゆくじよ》でございます」

鈴子を大鏡の前に立たせて、羽織を着せたタカは、満足そうな顔をしている。淡い紫や、紫がかった灰色といった色味でまとめられた装いは、雨に煙る梅雨時の景色のようだ。帯留めの水滴のような小さな翡翠が紫陽花の葉の緑と呼応して、煙る景色のなかに映える。紫水晶の羽織紐は、紫陽花の上に落ちた雨粒だ。裏葉柳の帯揚げは正面からは見えぬくらい帯のなかにぐっとしまい込まれているが、身をかがめたときや、座ったときにちらりと覗《のぞ》く。タカはそういった細かいところにこだわるのが好きだった。

「そろそろお時間でございますね」

暖炉の上の時計に目をやり、タカはあわただしく櫛やらピンやらを片づけはじめた。

「いい小間使いの女中が見つかれば、あなたの仕事も減るのだけど……」

瀧川家では、鈴子の髪を結うなど、細々とした世話をしてくれる女中はべつにいた。着付けもタカひとりではなかった。しかし花菱家には長らく夫人も令嬢もいなかったので、そうした仕事のできる女中がいないのである。いるのは掃除をしたり洗濯をしたりといった下働きの女中たちで、とても夫人の世話は務《つと》まらないという。新たに女中を雇うまで、とりあえずタカがすべてをこなしている。

「奥様」

扉がノックされた。女中頭の田鶴《たづ》の声だ。タカが扉を開ける。絣《かすり》の木綿《もめん》を着た四十がらみの、なで肩で首の長い女が立っている。田鶴である。面長で頬骨が高く、目は細い。

田鶴はタカを一瞥《いちべつ》したあと、鈴子に向かって無表情に頭をさげた。

「お車の用意ができたと由良が申しております。どうぞ玄関のほうへ」

「わかったわ」

鈴子はレースの手袋をはめる。左手の甲に古い火傷の痕《あと》があるため、鈴子は外出のさいは手袋をつけるようにしている。この手袋は孝冬からの贈り物だった。

タカを伴い、部屋を出る。田鶴は入り口で頭をさげたままで、あとをついてはこない。

彼女は鈴子の部屋のなかまではけっして入ってはこないし、目を向けもしない。廊下を曲がり、彼女の姿が見えなくなったところで、タカが不満そうに口を開いた。

「あの女中頭は、なんだってああも愛想がないんでしょうね」

タカは田鶴が気に食わないようで、なにかと文句を言う。

「だいたい、奥様の世話ができる女中はいないか訊《き》いたときだって――」

――ここの女中たちは山出しで、侯爵家のお嬢様でいらした奥様のお世話はとても務まりません。

田鶴の言いかたは斬って捨てるようだったので、タカはかちんと来たらしい。事実を言っているのか、はたまた意地悪で女中を寄越そうとしないのかは知らない。タカは侮辱だと受けとった。鈴子の育ちを揶揄《やゆ》したものと思ったのだ。

鈴子の母は女中であり、鈴子を孕《はら》んだあと瀧川家を去った。その後は各地を転々としたらしく、鈴子がまだ幼いころに死んだ。鈴子が瀧川家に引き取られたのは十一歳のときで、それまで暮らしていたのは浅草《あさくさ》の貧民窟《ひんみんくつ》だった。つまり、鈴子は根っからのご令嬢育ちではない。いま鈴子がそれらしく見えるのは、タカの熱心な教育の賜物《たまもの》である。

こうした経歴なので、田鶴の言いようがタカには嫌味に聞こえたらしい。

いずれにせよ小間使いが現在いないのは事実なので、鈴子は家令の御子柴に新たに雇うよう頼んだ。

べつに世話をする者がいなければ鈴子が自分でやるだけのことだが、それはタカが許さない。侮《あなど》られるというのである。鈴子は当主の夫人なのだから、そこをきっちりわからせなくてはならず、それには最初が肝心《かんじん》だというのがタカの主張であった。

「時間が必要、ということもあるのじゃないかしら」

と鈴子は言い、放っておくと田鶴に食ってかかりそうなタカをなだめていた。田鶴とタカは歳頃も近いので、よけいに反発を覚えるのではないか、と鈴子は思い、また言ったこともあるが、これには「あちらのほうが、よっつも年上でございますよ！」とタカが目を吊り上げて怒ったので、以来、口にしていない。

――わたしのいないあいだに、ケンカにならないといいのだけど。

と、少々心配しながら、鈴子はタカに見送られて自動車に乗り込んだ。

「まあ鈴ちゃん、ちょっと見ないあいだに大人びたわねえ」

「いやだわ雪ちゃん、その言いかた、麻布の叔母様とまるきりおなじよ」

日本橋にある料理屋の座敷で、顔を合わせるなりそんな言葉が飛び交った。およそ半月ぶりに会う異母姉ふたりは、あいかわらずはじけるように元気そうだった。

父の妾《めかけ》である千津の娘、雪子と朝子は、双子の姉妹である。顔の区別がまるでつかないというほどではない。ややおっとりとした性格が顔立ちにも表れているのが雪子、千津譲りの怜悧《れいり》さと気の強さを感じるのが朝子で、どちらも美しく明朗快活《めいろうかいかつ》なのはおなじだ。

ふたりが現れるとその場がぱっと明るくなる。

「お元気そうでよかった、お姉様がた」

鈴子が言うと、

「あらやだ、ちっともそんなことないわ。鈴ちゃんがお嫁に行ってしまったものだから、さびしいったらないのよ」

「赤坂の家に行ったたって、鈴ちゃん、いないんだものねえ」

朝子と雪子は口をとがらせる。ふたりはとうにそれぞれ財閥の御曹司と結婚しているが、たびたび赤坂の実家へ遊びに来ていた。

「お母様もおさびしそうだけれど、なんといっても、嘉忠さんと嘉見さんよ」

「火が消えたようにしょんぼりしてねえ、ふたりとも」

「お兄様たちが？　まあ……」

嘉忠は亡き正妻が産んだ嫡男《ちゃくなん》、嘉見は千津の息子である。ともに父親に似ず真面目に官庁に勤めている。

「今度はあのふたりも誘ってあげましょうか。お母様も交《まじ》えて、皆で食事会もいいわね」

「朝ちゃん、よくはないわ。鈴ちゃんは新婚なのよ。そうそう実家へ引っ張るわけにもいかないわ」

雪子にたしなめられて、朝子はつまらなそうに結い上げた束髪を撫でつけ、簪《かんざし》の位置を直した。流麗な曲線で葉を象ったプラチナに真珠をあしらった、洒落《しゃれ》た束髪簪だ。

「素敵な簪ね、朝子お姉様」

褒めると、朝子はとたんにうれしそうな顔になった。

「ありがとう。いい細工でしょう、こないだ誂《あつら》えたのよ。雪ちゃんとおそろい」

そう言われて雪子の髪を見れば、なるほどおなじ簪を挿している。

「まるきりおなじではつまらないから、わたしのほうは真珠ではなくて月長石にしたのよ」

雪子は横を向いて簪を見せる。ほのかに透き通った、乳白色の石がきらめいた。着道楽のふたりらしい趣向である。

「鈴ちゃんはお花が似合うわねえ。着物もお花。ねえ、朝ちゃんの言ったとおり」

どういうことかと朝子を見る。

「タカのことだからきっと張り切って、お花をたくさん背負わせてくるわ、と言ったのよ」

「だからわたしたちは、お花ではない衣装にしたの。正解ね」

たしかにふたりの着物に花はなかった。朝子は群青、黒、白の太縞《ふとじま》をぼかし染めた単衣に、黒地に鵜《う》を刺繡した帯、流水の地紋が入った紺青の地に青紅葉を描いた羽織、羽織紐は銀鎖に真珠を繫いだもの、帯留めは彫金の鮎。雪子は流水の地紋のごく淡い白茶の単衣、そこに精緻《せいち》な緋鯉《ひごい》を描いた帯を合わせ、楓地紋の羽織はほんのわずか朱を差したような白に裾を柳鼠に染め、青紅葉を散らしてある。羽織紐は銀鎖に翡翠、帯留めは白珊瑚《しろさんご》の鯉。

いつもながら洒落た装いで、それぞれ好みの違いが出ているのも面白い。

「鈴ちゃん、羽織紐は紫水晶なのね。これは鈴ちゃんの好みでしょう？　タカなら水晶を合わせるわ」

「水晶ならただの雨粒だけれど、紫水晶だと紫陽花の花びらにのった雫《しずく》ね。可憐《かれん》でいいわ」

朝子と雪子は、鈴子の装いを眺めてはああだこうだと盛りあがる。放っておくとこのまま何時間でも着物やら宝飾品やらについてしゃべっている。ちょうど折良く、料理が運ばれてきた。揚げたての天ぷらが器に並んでいる。

「まあ、おいしそう」

朝子も雪子もおしゃべりを中断して、天ぷらに見入った。輝く衣に包まれた、鱚《きす》に穴子、車海老《くるまえび》。もちろん鈴子もそれらに釘づけになっている。

江戸のころから魚河岸《うおがし》といったら日本橋で、日に千両が落ちると言われるほどの栄えぶりは大正のいまも変わらない。新鮮な魚が手に入るとあって界隈《かいわい》には料理屋も多い。華族の令嬢や夫人は華族会館や帝国ホテル、老舗の高級料亭といった限られた場所にしか出かけないことも多いが、朝子も雪子も食い道楽でもあって、あまり格にこだわらない。この店もさすがに大衆向けではないものの、そこまで格式張った店構えではなかった。裕福な商人や高級官吏あたりが贔屓《ひいき》にしている店だろう。

鱚の天ぷらを口に運べば、衣はさっくりと軽く、身はほろりと崩れ、しかし弾力があって甘い。うっとりとしてしまう。

「おいしいでしょう、ここの天ぷら」

気づけば朝子と雪子のふたりが、にこにことして鈴子を眺めている。鈴子がうなずくと、ふたりはますますうれしそうに笑った。

「足りなかったら、なんでも好きなものを頼みなさいね」

「お野菜の天ぷらもおいしいのよ」

このふたりは食べるのも好きだが、鈴子に食べさせるのも好きだ。ちなみに鈴子にあれやこれやと着物を着せるのも好きである。

膳には鱚の昆布締めや吸い物も並んでいる。それらすべてがおいしかった。満ち足りた気持ちになる。

――孝冬さんは、この店を知っているかしら。

おいしい店をたくさん知っているひとなので、すでに知っているかもしれない。だが、知らなかったら教えてあげよう、と鈴子は思った。

「鈴ちゃん、麴町のお宅にはもう慣れた？」

食事を終えて、茶を飲みながら、朝子が言った。麴町のお宅、は花菱家のことである。

「ええ、まあ……」

鈴子の返答に、朝子と雪子は顔を見合わせた。

「あら鈴ちゃん、なにか困り事？」

「わたしたち、嫁入りの先輩よ。悩みがあったらおっしゃい」

「悩みというほどでは……」

使用人たちのことを相談するわけにもいかない。花菱家の事情を話さなくてはならなくなる。

「悩みがあればタカに言うのじゃないかしら」と雪子が首をかしげる。

「それなら鈴ちゃんはそう言うわ。タカに言えない悩みということでしょう」と朝子が鋭いところを突く。

「ということは――」

雪子と朝子の視線が鈴子に向けられる。

「タカのことで悩んでいるのね？」

ふたりの声がそろう。

「いえ、そういうわけじゃ」そうとも言えるが、そればかりではない。

「タカがあちらの使用人とうまくいってないのかしら?」

「気が強いものね。女中同士は難しいのよ、そういうものよ」

鈴子は朝子のその言葉に「どうして?」と尋ねる。

「ひとつ屋根の下でずっと一緒に働くわけだから、面倒は起こるものよ。上下関係があればまだいいけれど、立場が横並びだったりするとね、厄介《やっかい》よ。わたしと雪ちゃんが子供のころ、子守りの女中がそれぞれについていたのだけれど――」

「ああ、そうだったわねえ。なつかしい」

「女中はそれぞれ、自分がお付きをしているお嬢様のほうがかわいいのよ。それだから、妙に張り合って、しまいにケンカになったものだから、お祖父様が辞めさせてしまったわ」

隣で雪子がうんうんとうなずいている。「そうだったわねえ、さびしかったわ」

「へえ……」そういうものなのか、と鈴子は目をしばたたく。

「ほら、麻布の叔母様のところだって、揉めたことがあったでしょう」

「あら、あれは違うわ、女中じゃなくて家従同士よ。どちらも叔父様の国許の家臣で……」

それからふたりはつらつらと、あちらこちらの華族家の使用人の揉め事を挙げてゆく。

「家臣が揉めて、お家騒動にまでなったところもあったものねえ」

「相馬《そうま》子爵の？　あれは結局、どういうことだったのかしら」

明治の半ば頃に勃発《ぼっぱつ》した、世間でも有名なお家騒動である。小藩ながら大名であった相馬子爵家の当主をめぐって、藩の旧臣が巻き起こした騒動といえる。宮家、華族から政治家、有名人まで巻き込み、さらにそれを新聞や雑誌が派手に煽り立てたことで、大騒動になった。裁判沙汰にまで発展した。とうの旧臣は、今年の二月に流行性感冒で亡くなっている。

「お家騒動といえば、最近――」言いかけた朝子が、鈴子を見てはたと口を押さえる。

朝子は鈴子をじっと見て、

「なんですか？」

「お嫁入りしたのだから、あなた、もう怪談蒐集《しゅうしゅう》なんてしていないのでしょうね？」

鈴子は以前、とある目的から華族の家々を訪ね、怪談蒐集をしていた。

「ええ、しておりません」

事実である。――いまのところは。

曇りのない返答に、朝子はほっとした様子で話をつづけた。つまり、怪談めいた話だということだろう。

「牛込《うしごめ》の神楽坂《かぐらざか》のあたりに、多幡《たばた》子爵のお屋敷があってね。多幡子爵は知ってる？　どこだったかしら、磐城《いわき》のほうの大名だったお家だとか。そんなに大きな藩ではないわ。六万石くらいだったかしらね。その多幡子爵家で以前、お家騒動があったのよ。以前といってもずっと昔、鈴ちゃんはまだ生まれてないころじゃないかしら。わたしも雪ちゃんも小さいころだから、その騒動自体は覚えてないわ」

ねえ、と朝子は雪子に顔を向ける。雪子はうなずいた。

「覚えてないわ。だいたい、家の者は皆、そんな話を教えてくれないものね」

「醜聞だもの。――当時の多幡家にはね、子爵の息子がふたり住んでいたの。ひとりは正妻の嫡男で、もうひとりは妾の子、庶子《しょし》ね。嫡男がいちばん上の子供だったらすんなりいったのかもしれないけれど、庶子のほうが兄だったのよ。それでどちらを跡継ぎにするかで長年、一族のあいだで意見が割れていたらしいの」

「嫡男が継ぐのが妥当ではないの？」

鈴子が首をかしげると、

「父親の子爵が庶子に継がせたがっていたのよ。さきに生まれた子だからって」

「ああ……」

長子か、正妻の子か。跡継ぎ問題は厄介だ。ふつうの家なら家長の一存で決まるのだろうが、華族となると親族会議や宮内大臣の承認が必要になってくる。

「そうこうするうちに、庶子が詐欺《さぎ》に巻き込まれてね」

「詐欺？」

「被害に遭ったほうではないの。名義を悪用されて、犯罪の片棒を担がされたのよ。よく聞く話だけれど」

華族の家名は信用される。それを利用して投資させたり、借金したりといった詐欺事件はときおり耳にする。知らぬうちに他人に名前を勝手に使われただけの場合もあれば、積極的に加担している場合もあり、また世間知らずの華族がうまく口車に乗せられて、気づけば犯罪に加担していた、という場合もあるようだ。

「庶子は当時、四十を過ぎていたんじゃないかしら。それまでもずいぶん放蕩していたみたい。父親に気に入られているから、子爵を継ぐのは自分だと思い込んで、ほうぼうに借金をこしらえたりね。でも、放蕩ならまだしも、詐欺事件にかかわったとなると父親だって庇《かば》いきれないでしょう。刑に服するまでには至らなかったけれど、多幡家から縁を切られて、屋敷を追い出されたの」

「厳しく処置しないと、飛び火しかねないものねえ」

下手をすれば爵位を返上する事態になりかねない、ということだ。

「これでお家騒動自体は決着がついたわけだけれど、本題はここからなのよ」

朝子は鈴子のほうにすこし身をかがめ、声をひそめた。

「それからその庶子がどこでなにをしていたのだかわからないのだけれど、半年くらい前に突然、訪ねてきたのですって。とうに父親は亡くなって、嫡男が子爵を継いでいたわけだけれど。当人ももう、六十過ぎのお爺さんよ。それがぼろぼろの紋付袴を着て、子爵に会いにきたの。どうやら借金を頼みにきたみたい。でも、子爵は断った。そしたら——」

そこで朝子は一段と声をひそめた。

「いきなり座敷を飛び出ると、縁側から庭に駆け下りて、石灯籠に頭を打ちつけて死んでしまったのですって……」

鈴子は眉をひそめた。雪子もおなじ表情だ。

「いやだわ朝ちゃん、そんな話」

「だって、お家騒動でうっかり思い出して、話しはじめてしまったんだもの。ぜんぶ話してしまわないとすっきりしないじゃないの」

「それでお話はおしまいですか？」と鈴子が訊くと、「いいえ」と朝子は首をふる。

「出るのですって」

鈴子は目をしばたたき、朝子の顔を眺める。「——とおっしゃると」

「幽霊が出るというのよ。その庶子の。夕方、ぼろぼろの紋付袴姿で、庭先に立っていたかと思うと縁側にいるの。それでパッと襖が開いて――」

――返せ！

「……とすごい剣幕《けんまく》で叫ぶのですって。それが毎日のようにつづいて、しまいに子爵は寝付いてしまって、お亡くなりになったのよ。でも、そのあとも幽霊は出るものだから、とうとう子爵のご子息はお屋敷を売りに出したそうよ。幽霊の噂のせいで、買い手がつかないようだけれど」

これでおしまい、というように朝子は茶を飲んだ。

鈴子はしばし黙考《もっこう》し、

「『返せ』って、どういうことなんでしょう。お屋敷だとか、爵位だとか、そういうものを自分に返せという意味？」

と朝子に尋ねる。「さあ、どうかしら」と朝子は話し終えたとたん興味が失せたように気のない返事をした。

「いやあね、鈴ちゃん。興味を持つものじゃないわ、こんな話」

雪子がたしなめる。雪子の手前、鈴子はそれ以上、問いを重ねはしなかった。

「なんにしても、根はお家騒動よ。面倒なことね、お家なんて」

朝子はそう締めくくった。

料理屋を出て、それぞれ自動車に乗り込む前、朝子は鈴子に声をかけた。

「タカのことで難しくなりそうなら、遠慮せずに相談してちょうだいね」

「それ以外のことでもね。タカなら、きっと心配ないでしょう」

雪子も言って、笑う。

「ありがとう、朝子お姉様、雪子お姉様」

ふたりは根掘り葉掘り訊いてくることもなく、手だけは差し伸べてくれる。心の底からありがたく思う。ふたりだけでなく、千津や嘉忠、嘉見たちはいつでも鈴子の味方だ。そう思えることがどれだけ心強いか。

車の後部座席に乗り込み、麴町の花菱邸に向かう。開けた車窓から外を眺め、考えていたのは孝冬の家族のことだった。のみならず、彼を取り巻く人々のことだった。

車は外濠《そとぼり》沿いの電車通りを走ってゆく。昨夜降った雨でぬかるんだ地面にはいくつもの轍《わだち》がつき、ところどころで大きな窪みが水たまりを作っている。車体はきっと跳ねあげた泥で汚れきっているだろう。泥水をかけられてはかなわぬと、徒歩の者は自動車を避けて端を歩く。視線をあげれば、東京駅の赤煉瓦の駅舎が青い空によく映えていた。橋を渡れば三菱一号館にはじまる煉瓦造りの建物が建ち並ぶ、『一丁倫敦《ロンドン》』と呼ばれる界隈が見えてくる。このあたりは宮城《きゅうじょう》を挟んで麴町区の東側だ。内濠の外側をぐるりと回り、麴町区の西側に向かう。開いた窓から、宮城を取り囲む濠の水と緑のにおいが吹き込んでくる。

車は速度を落とし、屋敷町の坂道を登ってゆく。高台にあがると、下町から山の手に入ったという感じがする。左右に高い塀の連なる路地は静かで、人影はまばらだ。物売りがときおり通り過ぎる。風鈴売りが通れば、担荷に吊り下げた様々な風鈴が涼やかに鳴り響き、「氷や、こーりぃ」と呼ばわりながら行くのは氷屋で、その声を聞けば氷菓《ひょうか》が食べたくなってくる。呼び売りの氷菓は、銀座の資生堂などで食べられるアイスクリームとはまるで別物の廉価《れんか》な代物だが、それはそれで食べたくなるときがあるのだ。そろそろ朝顔売りからいい鉢を買いたい、と思うが、彼らは早朝から売り歩き、正午前には売りきって帰る商売なので、あたりにその姿はない。ああした呼び売りはお得意先をちゃんと持っていて、毎年その時季になると屋敷まで売りに来る。花菱家にも決まった朝顔売りがいるのだろうか。孝冬さんに訊いてみようかしら——と思い、いやそれは田鶴あたりに訊かねばわからないだろう、と思い直した。

——訊いたら、教えてくれるかしら。

田鶴の顔を思い浮かべる。次いで、タカを。あのふたり、見た目はまるで違うが、どことなく似たものを鈴子は感じている。
　──なんだかんだで、タカもうまくやるでしょう。
　昨日今日、女中になったのではないのだ。大丈夫だろう。
その考えは甘かったと、帰宅して早々に鈴子は知る。

　門番が開けた門から車は花菱邸の敷地へと入り、玄関前の車寄せにとまる。そこで鈴子
はおや、と思った。いつもなら由良が出迎えるのだが、いない。
　「由良君がいませんね。どうしたのかな」と運転手もいぶかりつつ、車を降りて鈴子の側
の扉を開ける。この運転手は宇佐見といい、四十過ぎのひとのよさそうな顔つきの男であ
る。実際、いたって気がやさしい。
　鈴子が地面に足を降ろしたとき、屋敷のなかから大きな物音が聞こえた。椅子が倒れる
ような音だ。
　「……なにかしら?」
　「奥ですね。見てきましょう。奥様はどうぞお部屋へ」
　屋敷の奥は使用人部屋になっている。宇佐見は玄関扉を開けて鈴子をなかへ通すと、自
分は屋敷の裏手のほうに回っていった。鈴子が草履を脱いで室内履きに履き替えたところ

で、ようやく由良が足早にやってきた。めずらしくあわてた様子で、お仕着せの襟も乱れている。

「申し訳ございません、奥様」

「騒々しいようだけれど、誰か取っ組み合いのケンカでもしているの？」

無表情に問うた鈴子に、由良はうっと言葉につまっていた。冗談のつもりだったのだが。

「あら、まさか――ほんとうに？」

由良は苦々しい顔になり、「はあ、それが……」と煮え切らぬ返事をする。これも彼にはめずらしいことだった。

「田鶴さんと奥様の御付女中が」

平生、表情のあまり変わらぬ鈴子も、これにはさすがに目を丸くした。

「タカが？　まさか」

「ささいなことから、言い争いになったようで……それが次第に激しくなりまして」

「ささいなことって？」

「はあ、私は途中から女中に呼ばれてとめに入りましたので、原因はよく存じません」

子供ではあるまいし、いい年をした大人がケンカ沙汰になるとは、よほどである。

「まだケンカしているの？」

「いえ、収まりまして、いまは御子柴さんに叱られているところです」

「まあ……」

鈴子はしばし考え、

「では、それが終わったらふたりをわたしの部屋に呼んでちょうだい。ああ──いえ、応接間にするわ。そちらへ寄越して」

由良はけげんそうな表情をすこし見せたが、「承知いたしました」と頭を下げた。

いったん私室に戻った鈴子は、余所行きから普段着に着替える。余所行きを着る前に着ていたもので、脱いで衣桁にかけてあった。青磁色の地に、白と薄藍の格子縞を織り出したセルの単衣である。薄手の毛織物であるセルは、なめらかでハリがあり、丈夫なのに軽くて着心地がいい。夏物の単衣よりあたたかいので、急に肌寒くなることも多い季節の変わり目に重宝する。この単衣は遠目には淡い緑に見え、近づけば格子の色合いがわかる。やわらかさと清々しさがあり、気に入っていた。帯は白の単衣帯である。

手早く着替えると、応接間に向かう。一階の玄関近くにある部屋だった。

応接間は深い臙脂《えんじ》色を基調とした部屋で、調度類はマホガニーで統一されており、重厚な雰囲気がある。蔦模様を織り込んだ絨毯もカーテンも、黒に近いような臙脂色だ。椅子の布張りは天鵞絨《ビロード》で、手触りはなめらかで心地よい。漆喰《しっくい》の天井には葡萄《ぶどう》の浮き彫りがあり、そこから硝子《ガラス》を連ねた照明が垂れている。カーテンも窓も開け放たれ、陽が差しているのにどこか薄暗い。椅子に腰をおろした鈴子はつと立ちあがり、入り口の扉を開けた。風が通り、いくらか暗さも和らいだ気がする。息をついてふたたび椅子に座ったとき、応接間に近づいてくる足音が聞こえてきた。開いた扉から田鶴とタカの顔がのぞく。

「お入りなさい」

うながすと、そろそろと入ってくる。ふたりとも、ばつの悪そうな顔をしている。

「それで、原因は？」

端的に問う。鈴子の前に立つ田鶴とタカは、おたがいが『あんたが言いなさいよ』と言いたげな顔をしていた。

「わたしのこと？」

そう問えば、ふたりの視線が落ち着かなげに揺れる。まあそうだろうと思ったが。タカがそれ以外の理由でケンカをすることはないだろう。

田鶴がなにか鈴子について無礼なことを言って、タカがそれを聞き咎《とが》めた、といったところであろうか。

「おおよそわかったから、もういいわ」

えっ、とふたりは視線を鈴子に向ける。

「もういい、とは……」田鶴がおそるおそる、といった態《てい》で口を開く。

「事細かに聞いて気分のいい内容ではないでしょうから、詳細は訊かないわ。そしてあなたたちの管理は御子柴の仕事だから、これ以上わたしから言うことはないという意味よ。謝罪もいらない。それはわたしとは関わりのないことだから」

淡々と鈴子は告げる。田鶴は青ざめた顔で、鈴子の様子を見定めるようにじっと眺めている。鈴子は線を引いたのだった。主人と使用人との一線だ。

主人と使用人の関係は難しい、と鈴子はいつも思う。なれなれしくしてはいけない、だが無関心でもいけない――この花菱家の場合は。

「わたしが田鶴、あなたを呼んだのは、それよりも訊きたいことがあるからよ」

「……なんでございましょう」

「あなたはさきの花菱男爵夫人の御付女中だったのではなくて？　夫人が結婚する前からの」

田鶴ははっと目をみはった。

『さきの花菱男爵夫人』は、孝冬の母のことである。先代は孝冬の兄になるが、彼は独身だった。

「御子柴さんからお聞きになりましたか」

「それならわざわざ尋ねないわ」

田鶴は気圧《けお》されたようにちょっと口をつぐんだ。

鈴子がそう考えたのは、根拠があってのことではない。どことなくタカと似ていると感じたことからの連想だ。それに――。

「あなた、わたしの部屋に入ろうとしないでしょう。なかを見ようともしない。あの部屋が男爵夫人の部屋だから？」

孝冬の母は、夫の花菱男爵とともに入水《じゅすい》して死んでいる。田鶴にとって、それがどのような衝撃だったか。

「……さきの奥様は、淡路島の旧家のお嬢様でした。……」

田鶴はふたたび口を開いたが、声は重く垂れ込めた雨雲のようで、低く湿っていた。田鶴はうつむき、それ以上なにも言いそうにはなかった。

「そう」

鈴子は窓に顔を向ける。薄明るい日差しがレースのカーテン越しにふりそそぎ、その向こうには庭の緑が見える。陽光の差し込む角度のせいなのか、外は明るいのに、室内はやはり暗い――いや、暗いというより、寒々しい。この屋敷はどこもかしこも。装飾はくどいくらいなのに、がらんとして見える。なぜか。

「この屋敷には、写真や肖像画がないのね」

ぽつりとつぶやく。田鶴はうつむいたまま、目を伏せた。鈴子が思い出すのは、葉山の別荘に飾られた孝冬とその養い親の写真だった。ああしたものが、ここにはひとつもない。

「田鶴、もういいわ。さがりなさい」

そう告げると、田鶴は一礼して、扉に向かう。後ろ姿はどこか悄然《しょうぜん》として見えた。孝冬の母を思い出してか。その背に、鈴子は声をかけた。

「あなたの仕えたお嬢様の話を、いつか聞いてみたいわ。あなたが話す気になれば」

田鶴の足がとまる。しばし動かなかった。ゆっくりとふり返り、深くお辞儀をすると、そのあとはすばやく部屋を出ていった。

「部屋に戻るわ」

短く言って立ちあがり、鈴子も部屋を出る。タカがあとを追いつつ、「奥様」と呼びかける。

「申し訳ございませんでした」

階段の手すりに手を置き、鈴子はふり返った。

「あなたがケンカをするのはわたしのために怒ったときだけだって、それくらいわかっているわ」

それだけ言って、階段をあがる。

「まあ、奥様……ご立派になられて」

感極まったようにタカが言うので、鈴子はなんだかおかしくなった。

「わたしが立派になったのなら、それはあなたの教育の賜物でしょう。自分を褒めたらいいわ」

「あら、そういえばそうでございますね。わたくしはなんて教育上手なんでしょう」

鈴子は声をあげて笑った。


その日の夕刻、まだ陽の沈む前に孝冬が帰ってきたので、鈴子はいくらか驚いた。麴町の屋敷で暮らしはじめてからずっと、明るいうちに帰ってきたためしがなかったからだ。

「今日はお早いのですね」

車の音を聞きつけ、部屋を出て階段をおりている途中で、孝冬と出くわした。

「こんな日もあります。日によってまちまちですよ」

暑かったのか、上着を脱いで小脇に抱えている。

「横浜で菓子を買ってきましたから、召しあがりませんか。すぐに由良がお茶と一緒に持ってきます」

孝冬にうながされて、鈴子は彼の私室へと向かう。孝冬の使う部屋は私室と執務室があり、ふたりの寝室はまたべつにあった。私室は柳鼠の壁に鉄色の絨毯、カーテンや椅子の布張りは深緑と渋い緑でそろえられた部屋で、テーブルなどの調度類に鈴子の私室にあるような飾り気はなく、暖炉も黒みを帯びた石のどっしりとした重厚なものだった。

鈴子は深緑の天鵞絨張りの椅子に腰かける。孝冬の言ったとおり、由良がすぐに盆を手にやってきた。テーブルに置かれたのは、煎茶と三角形の洋菓子だった。カステラに羊羹《ようかん》が挟まれた菓子だ。

「『シベリヤ』でございますね」

「お好きですか？」

「ええ」鈴子はうなずく。瀧川家では千津の好物で、よくおやつに出された。いろんな店の『シベリヤ』を食べ比べたものだ。この『シベリヤ』は、淡い卵色のカステラも、つややかな黒い羊羹も分厚い。さっそく添えられた黒文字で切り分け、ひとかけら口に運ぶ。カステラはしっとりとして、羊羹はさらりと溶けるような舌触り——これは水羊羹だ。カステラと水羊羹が違和感なく合わさり、やわらかな甘みが広がる。

「お気に召したようでよかった」

黙々と菓子を食していた鈴子は、はたと顔をあげる。孝冬がにこやかに鈴子を眺めていた。異母姉たちといい、孝冬といい、どうしておなじような表情でこちらを見るのだろう、と鈴子は疑問に思う。

「おいしいです、とても」

「ではどうぞ、こちらも召しあがってかまいませんよ」

孝冬は自分の皿をさしだす。鈴子は首をふった。どんな大食らいだと思っているのだろう。

「そんなに食べてしまったら、夕食が食べられなくなりますから」

食べないときは前もって料理人に言っておかないと、食材が無駄になってしまう。鈴子の返事に孝冬は笑みをこぼした。

「では、これは私がいただきましょう」

「そうなさってください」

孝冬は大きく菓子を切り分け、あっというまに平らげてしまう。ひとくちの大きさが鈴子とは違うのだ。

「そんなに早く食べてしまって、味がおわかりになりますか」

茶を飲もうとしていた孝冬は、「ふっ」と笑った。

「わかりますよ」

と言うとひとくち茶を飲んで、

「あなたは、とても味わってらっしゃいますね」

「どうしておわかりになるの？」

「いや、どうしてって、顔を見たらわかりますよ」

「顔を……」

だから食べている鈴子の顔を眺めるのだろうか、異母姉たちも。

「今日はお義姉《ねえ》さんがたと食事なさったんでしょう？　おいしかったですか」

「ええ、とても」

即答すると、またも孝冬は笑う。

「それはよかった」

「ご存じかしら、日本橋の――」

料理屋の名前を言うと、孝冬は首をかしげる。

「行ったことのない店ですね」

その返答に鈴子はなんだか得意な気分になり、

「天ぷらのとてもおいしい店ですから、ぜひ召しあがっていただきたいわ」

とすすめた。

「じゃあ、今度の休みに私と一緒に食べに行きましょう」

「日曜日でございますか」

「ええ。なにかご予定が？」

「いいえ」

ふたりで出かけるというのは、新婚旅行以来だと思っただけだ。なんだろう、妙に心がふわりと浮きあがるような気分になるのは。

「それならよかった。葉山から戻ってきて以来、鈴子さんとゆっくり過ごせてませんから。せっかくですから、どこかへ出かけましょうか？　堀切の菖蒲《しょうぶ》園にでも……」

「それではあまりゆっくりできないのではございませんか。あと、雨になるやもしれませんし」

「ああ、そろそろ梅雨ですね。鈴子さんは、雨はお嫌いですか」

「嫌いではありませんけれど、道がぬかるんで、大変でしょう」

晴れたら晴れたで、街なかは土埃《つちぼこり》がひどい。それをいくらか防ぐために、道に水を撒く撒水夫《さつすいふ》というのがいるくらいである。

「なるほど。では日曜は食事だけにしましょう」

孝冬は機嫌がよさそうで、ずっと微笑をたたえている。出会った当初のような作り物めいた笑みではないが、そうずっと笑っていられると、鈴子はなんとなく落ち着かない気分になる。

「どうして笑ってらっしゃるの」

そう尋ねると孝冬は手で口もとを覆《おお》い、

「笑ってましたか」

「ずっと笑ってらっしゃるわ」

「すみません。いや、ひさしぶりに鈴子さんとこうしてのんびり話ができているので、うれしいんですよ」

――話ぐらいで……。

と思うが、孝冬の表情は身構えたところがなくいたって無防備で、いま彼は気が休まっているのだろうと思うと、鈴子は安堵《あんど》するような心地になる。この心持ちをどう説明したらいいのかわからないが、いやな感情ではない。小さな子供や病人を労る気持ちと似ているけれども、おなじではないと思う。

――鈴子さん。あなたに好きになってもらいたいと願うのは、贅沢でしょうか。

孝冬は、以前、鈴子にそう言った。

鈴子はべつに孝冬を嫌ってはいない。好ましいと思うこともある。

——恋い焦《こ》がれてほしいんです。

とも、孝冬は言った。もうふたりは夫婦であるのに、恋人のようなことを求める、と鈴子は戸惑った。

恋い焦がれる、という気持ちがどんなものだか、鈴子にはわからない。

孝冬がそう望むのであれば鈴子としても努力したいと思うのだが、そもそもそれがどんな気持ちなのだかわからないので、頭で考えようとしても理解できないのである。

「そうだ、鈴子さん」

ふいに孝冬が立ちあがった。「あなたに見せなくてはいけないものがあるんですよ」

孝冬は壁際にある机の抽斗を開けて、紙をとりだす。それを手にまた椅子に戻ってきた。

「なんでございますか」

紙をさしだされて、鈴子はひとまず受けとる。紙には整った字で名前が書き連ねてあった。『伯爵』『男爵』などとあるので、華族の名簿である。

「協力するお約束だった、『松印』の華族ですよ。まだすこし調べただけですが」

「えっ……」

鈴子は驚いて顔をあげた。「調べたって——」

「約束を果たさない男だと思われたくありませんからね」

「そんな、おひとりで……それもこんなに早く。お忙しいでしょうに」

「私のほうが調べるのは楽でしょう。伝手を使えばあちらこちらに訊けますから。商売の参考にしたいとか――たとえば紳士向けに『松』を冠した薫香を作りたいので『松印』の華族を参考にしたい――などと言えば、ほほうなるほどとすんなり行きますし。華族は商売の中身に疎《うと》いかたが多いですからね」

とはいえ、仕事のかたわら調べるというのは、楽な話ではないだろう。紙には三十名ほどの名前が書かれている。

「……ありがとうございます。ご無理なさっているのではありませんか」

「いいえ、大丈夫ですよ」

なんでもないように孝冬は笑っている。鈴子は、胸がきゅっと締めつけられた。

「やはり、松を使っているひとというのは多いんですね。先代、当代ともに松印という家もありますし。ああ、当時犯行が不可能そうな老人や海外に出ていたひとは外してますが、それでかまいませんか？」

「ええ」

うなずき、鈴子は名簿に目を落とす。『松印』――印というのは、華族が名前の代わりに用いるもので、名前を直接呼んだり記したりするのを憚《はばか》るゆえである。松や梅といったものがある。鈴子の場合は、花印である。タカもときおり、『花印様』と呼ぶ。

鈴子は『松印』を使っている華族をさがしている。なぜかと言えば、その人物が、鈴子が浅草の貧民窟にいたころともに暮らしていた、血はつながらないが家族同然のひとたちを殺した人間だからである。

鈴子が怪談蒐集と称して華族の家を訪れていたのも、松印の者がいないかさぐるためだ。孝冬はそんな鈴子に協力してくれる約束をしていた。

名簿を目でたどっていた鈴子は、はっとする。

『花菱実秋《さねあき》』の名前があった。これは――。

「故人でもその当時生きていた者は、外していません」

孝冬の兄だ。彼もまた、松印であった。それを鈴子は孝冬から聞いている。このことで孝冬はずいぶん、悩んでいたらしい。犯人かもしれないと。

だが、いまわかるだけでもこれだけ松印がいるとなると、その可能性は低いように思えてくる。鈴子がそう思いたいだけかもしれないが……。

「私も正確に把握しているわけではないですが、華族の当主はざっと九百三十名、その家族は六千弱くらいのはず。新興華族などお印を使っていない華族を除くとしても、松印がどれだけいるか、さらにその松印がさがしている相手かどうか調べるというのは、なかなか、しらみつぶしでは埒《らち》があかないでしょうね」

　孝冬は腕を組んで、冷静に現実的な問題を述べる。

「ですので、対象を絞ることも同時に考えましょう」

「対象を絞る……？」

　しばし考え、

「それは、別方向から犯人を突きとめる、ということでございますか」

　鈴子の言葉に、孝冬はうなずいた。

「そう、別方向からです。銀六《ぎんろく》さん、テイさん、虎吉《とらきち》さん――彼らを殺した理由を考えてみてはどうでしょう。私がひとつ気にかかっているのは、銀六さんがかつて華族のお屋敷で働いていたらしい、それもそれなりの立場で、ということです。そんなひとが浅草の貧民窟に住まうほどになっていた。なにがあったかは、聞いていますか？」

「いいえ」

　鈴子は首を横にふる。銀六は――銀六だけではないが、あまり自分の過去のことは話さなかった。銀六がどこのなんという華族のお屋敷で働いていたのかは、わからない。なにかわかるようなことを言っていたことがあっただろうか。

「『銀六』という名前をもとに調べてみましょうか。しかし、それが本名かどうかもわかりませんよね。苗字もわかりませんか」

「ええ……」

「なにかの拍子に思い出すことがあるかもしれませんから、おつらいかもしれませんが、ときどき記憶を辿ってみていただけませんか」

鈴子はうなずく。昔のことを思い出すのは、胸がつまってたまらなくなる。だから避けていた。だが、ほんとうに殺人犯を見つけたいなら、それではいけないのだ。

「それと、鈴子さん。怪談蒐集で松印をさがそうというのは、今後はやめてください」

孝冬は『やめていただけませんか』ではなく『やめてください』と、きっぱり言った。

鈴子は孝冬の顔を眺める。彼はひどく真面目な顔で、鈴子を見つめていた。

「いまは、しておりませんが……」

「『いまは』ですよね。そのうちまたはじめるおつもりだったのでは？」

たしかに、そのつもりであった。この屋敷での生活に慣れたらまたはじめようかと。

「……だって、松印をさがしたいのは、わたしですから。あなたは協力者であって、主体じゃありません」

「これは主体がどうこういう話ではないんですよ、鈴子さん。いいですか、私はもうひとつの可能性を考えています」

「もうひとつの可能性？」

「銀六さんたちを殺した犯人の目的が、彼らではなかったという可能性です」

孝冬の言いたいことがわかって、鈴子は青ざめる。

「……わたしだったとおっしゃるの？」

「どんな理由かはいまはわかりかねますが、犯人の目的があなたに危害を加えることだった可能性も大いにあるわけです。そんなあなたが松印についてかぎまわるのは、犯人が故人でないかぎり危険すぎます」

「……」

なぜ彼らが殺されたのか、それは鈴子もずっと考えている。なにか恨みを買ったのか。それとも銀六たちの過去に理由があるのか。あるいは――。

自分が原因では、と。そう考えたこともある。鈴子たちがしていた商売の方面で、恨みを買ったのか、と。

「『千里眼少女』が、関係あるのかもしれない……」

鈴子はつぶやく。浅草で鈴子たちが生業《なりわい》としていたのは、『千里眼少女』であった。幽霊の見える鈴子が、さがしものをしたり、占いをしたり、さして大がかりなことはしないが、そんな商売をしていた。

「あるのかもしれないし、ないのかもしれない。それももちろん考慮にいれます。いずれにせよ、あなたがこの件で動くのは危険です。私に任せてください」

鈴子は松印の名簿を見つめる。さまざまな思いが胸をよぎる。

「鈴子さん？　すみません、お気を悪くなさいましたか」

「いいえ、考え事をしていただけ——」

はっと、鈴子は名簿を見直す。

「どうかなさいましたか」

「いえ、今日耳にした華族の名前があったものですから……」

『多幡清久《きよひさ》』——と、名簿に記されている。多幡家。朝子の話に出てきた家だ。

鈴子は多幡家にまつわる幽霊話を孝冬に語った。お家騒動から、石灯籠に頭をぶつけて死んだ庶子の幽霊が毎日現れる、ということまで。

「へえ、そんなことが。私のほうに話は来ていませんから、お祓いをする気はないのかな」

孝冬は神職華族だけあって、内密でお祓いを頼まれることがある。幽霊が出る、なにか障りがある、というのを外には知られたくない。そういう華族が頼んでくるという。幽霊がいれば、淡路の君に食わせるのである。淡路の君にも好みがあるらしく、どんな幽霊でもいいわけではないようだが。

「そのうち頼まれるかもしれませんね。そうしたらさぐるのにちょうどいい。この『多幡清久』というのは、話に出てきた嫡男のほう、亡くなった当主ですよ。故人ですから本人に話は聞けませんが」

――そんなことを言っていた、翌日のことである。ほんとうにお祓いの依頼が来たのは。

朝起きたら、孝冬が「ひさしぶりに鈴子さんの洋装が見てみたいですね」と言うので、鈴子は洋服を着た。白いレースの大きな襟がついた、ほんのわずか灰がかったような微妙な色合いを見せる、淡い若緑のワンピースである。朝靄に煙る森のような色だ。細身で、腰から下に細かな襞《ひだ》が入っている。

孝冬のネクタイと装身具も鈴子が選んだ。柳鼠のネクタイに、翡翠のタイピン、カフスボタン。孝冬が着ているのは薄灰色の三つ揃いだ。

「あなたのお召し物は、いつも色味に欠けておりますね」

孝冬のシャツの袖にカフスボタンをつけながら言うと、

「男物はそんなものですよ」

「ネクタイくらい、もうすこし色があってもよろしいのでは？」

「じゃあ、今度買うとき鈴子さんが選んでください」

「かまいませんけれど……お好きな色は？」

「とくにありません。鈴子さんの好きに選んでくだされればいいんですよ。そのほうがうれしいんです」

「他人《ひと》様の物を選ぶときに、そういうのがいちばん困るのです」

孝冬は笑った。

いつものように香を薫いて、朝食をとり、孝冬は出かけていった。「今日も早く帰れると思います」と言い置いて。

昼下がりのことである。鈴子は門から車が入ってくる音を聞いた。早く帰れると言っていたが、まさかこんなに早く、と部屋を出て階段をおりてゆくと、玄関にいたのは孝冬ではなかった。

二十代後半かと思われる、ずんぐりとした身なりのいい男性が、御子柴となにやら話していた。

「では男爵は何時頃お帰りに？」

「何時とは申しあげかねますが、夜にはお戻りかと……。多幡様がおいでになったことはお伝えいたしますので、あらためて――」

「困ったな。できれば急ぎでお願いしたいのだけど」

――『多幡』といった？

男性が階段にいる鈴子に気づいて、目をみはった。

「えっ……あ！　男爵夫人ですか。たしか最近、花菱男爵はご結婚されたと……」

鈴子は階段をおりて、御子柴に目を向ける。

「こちらは、どなた？」

「多幡清充《きよみつ》様でございます。先般お亡くなりになった多幡子爵のご長男でいらっしゃいます」

亡くなった子爵の長男なら、子爵位を継いでいるのだろうから『多幡子爵』と呼んだほうがいいのでは、と思ったが、御子柴がそう呼ばないということは、彼はいまだ子爵ではないのだろうか。そんなことを思ったが、顔にも口にも出さなかった。

鈴子は男性――多幡清充に向き直る。清充は小柄で肉づきのいい体型をしており、髪を丁寧に七三に分け、秀でた額も清々しく、ぱっちりとした目には眼鏡をかけている。歳のわりに少年のような瞳だ、と思った。麻の三つ揃いに野暮《やぼ》ったい赤茶のタイを締めているところも、どことなく世間擦れしていない、おっとりとした華族の子息らしさを感じた。勤め人が持つような鞄をさげているのだけが不思議である。

「花菱鈴子でございます。それで、ご用件はなんでございましょう」

ぼうっと鈴子を眺めていた清充は、はっとした様子であわてて懐からハンカチをとりだして額の汗を拭きつつ、

「はあ、ええ、それがですね、花菱男爵にお願いしたいことがございまして」

しどろもどろ話す。

「お祓いの件でございますか」

ずばり鈴子が言うと、清充はぱっちりとした目をさらに見開く。睫毛《まつげ》が長い、とどうでもいいことを鈴子は思った。

「ど、どうしておわかりに」

「華族のかたが主人に頼むことといったら、それしかございませんから」

「はあ……」

清充はせわしなく目をしばたたいた。

「わたしがお話をお聞きしましょうか。主人に伝えます」

「えっ、いいんですか」

清充が明るい声をあげると同時に、御子柴がちらりと鈴子を見た。鈴子は御子柴を見返し、「由良を呼んでちょうだい」とだけ告げた。

「どうぞ」と、鈴子は清充を応接間へ通す。扉は開けたままにしておく。由良がすぐにやってきた。

「この部屋に筆記具はあるかしら」と由良に尋ねると、彼は壁際の小さなテーブルの抽斗から帳面と鉛筆をとりだした。

「じゃあ、あなたはそれで多幡様の話を書き取ってちょうだい」

べつに鈴子がやってもいいのだが、男性とふたりきりになるというのはいらぬ誤解を招かぬためにも避けたい。扉を開けたままにしてあるのも、そのためである。

鈴子は清充の向かいに座る。そのうち女中が茶を運んできた。清充は茶を飲んで、ふうと息をつく。気分が落ち着いたようだった。

「洋装のご婦人というのはめずらしいので、ついじろじろ見てしまいまして、申し訳ありません」

清充は照れたように頭をかいた。

「それに、あんまりおきれいなんで、びっくりしまして……ほら、『薫英堂』さんの広告で、女神の絵柄があるでしょう。あれにそっくりですよ。いやあ、驚いたなあ。ほんとうにお美しい」

案外、舌がなめらかである。由良が律儀に書き記そうとしたので、「いまのは書かなくていわ」と鈴子は制止した。

「お祓いの内容をおうかがいいたします」

にこりともせず端的に言うと、清充は居ずまいを正し、こほんとひとつ咳払いした。

「ええ、あのですね、なにをお祓いしていただきたいかと申しますと、多幡の屋敷なんですよ」

「多幡様の……。たしか、牛込の神楽坂のあたりにあるのでしたか」

「ええ、そうです。よくご存じですね。といっても、僕はいまそこに住んでいないんですが」

「住んでらっしゃらない？　ではどなたがお住まいなのですか」

「誰も住んでません。あの屋敷はいま空き家なんですよ。それというのも、幽霊に悩まされてまして」

清充は両手を膝の上に置いて、ふう、と息をついた。眉毛が困ったように八の字になっている。

「この幽霊というのは、僕の伯父にあたるひとなんです。父の兄、母親の違う兄です。この辺がちょっとややこしくて……」

そこで清充はちらりと鈴子の顔をうかがった。多幡家のお家騒動を知っているかどうか、反応を確かめたのだろう。鈴子は素知らぬ顔で「ややこしいとおっしゃいますと？」と尋ねた。

「ええ、はあ、その……伯父は、庶子なんですね。祖父の妾の子です。父が嫡男で。ただ伯父が長男ですので、どちらを跡継ぎに据えるか、親族のあいだですこしばかり話がまとまらない時期がありまして。そうこうするうちに、伯父は不行跡で祖父から勘当されました」

清充は詐欺の一件を『不行跡』で片づけた。

「ですが、祖父は伯父を昔からかわいがってましして……無一文で屋敷から放りだすのは胸が痛かったんでしょうね、麻布の、といっても下町ですが、その一角に屋敷を与えて、月々小遣いもやっていたそうです」

苦々しい顔で清充は語る。

「それがよくなかったんでしょうね。伯父は勘当されてからも祖父にこっそり小遣いをたかって、働きもせず遊んで暮らしていたようです。でも、そんなの祖父が死んだらおしまいじゃないですか。考えるまでもなくわかると思うんですけど。わかろうとしないんですよね、ああいうひとは。祖父が死んだあと、当然ながら父は伯父にお金なんて出しませんでした。伯父はたびたび屋敷に訪ねてきたようですが、父は追い返して……ただ、家令がいくばくかのお金をあげてたみたいです。それも雀の涙程度だったそうですが。そのお金でどうにか食いつないでいたみたいで、生活は苦しかったようですよ。働けばいいと思うんですけど、そういった考えはそもそも頭にないんですね。本来なら子爵になっていたという思いがあるからか、気分は子爵といいますか、華族のようにふるまっていたらしいですから」

伯父について語るとき、清充の眉間には皺が刻まれて、少年のような瞳は曇る。茶をひとくち飲んで、「でも、死んだひとですからね」とぽつりと言い、目をしばたたくと、もとの清らかな瞳に戻った。

「あんなふうに亡くなったのも、伯父の業がよほど深かったんでしょう」

そう言ってから、清充はそのさきを言い淀んだ。鈴子が小首をかしげると、「いや、あなたのようなご婦人の前で、伯父の死に様をお話しするのも……」と困っている。

「かまいません。わたしは主人に伝言するだけですから」

「はあ……。ある日、伯父はやはり金の無心に来まして、父はいちおう座敷に通したそうなんですが、援助はきっぱり断ったそうです。そうしたら、伯父は怒って縁側から庭に駆けおりると、石灯籠に頭を打ちつけて、死んでしまいました。僕はその場にいませんでしたので、使用人から聞いた話ですが……。石灯籠には、いまでも血の跡が残っています」

清充の顔は青ざめている。

「医者も警察も呼びました。誤って石灯籠に頭をぶつけたと説明したそうですが。亡骸は茶毘《だび》に付して、お経も懇《ねんご》ろにあげてもらって、骨もうちの墓に入っています。生前がどうだろうと、けっして粗末な扱いはしていません。それでも――やってくるんです」

毎日、と言った声は震えていた。

「黄昏時《たそがれどき》になると、庭先に現れて、座敷の襖を開けるんです。こう、いきおいよく、ぱっと。それで、怒った顔で怒鳴りつけるんです。『返せ』って。なにを返せと言っているのだか、わかりません。そのうち消えてしまいます。毎日、毎日、夕刻になるとそれです。父はもともと丈夫な質《たち》ではなかったのですが――このあたりも跡継ぎ問題に影響したことなのですが、以来寝付いてしまい、ある朝冷たくなっておりました。心臓発作を起こしたのだろうということでした。伯父の祟りなのかどうか、知りません。使用人たちはおびえてしまって、あらかた辞めてゆきました。母はすでに他界しておりますし、僕は以前から芝《しば》のほうに居を構えておりまして、これを機に牛込の屋敷は売却しようかと――」

「お屋敷を……。よろしいのですか」

そういえば、朝子がそんなふうに話していた。屋敷を売りに出したが、幽霊の噂のせいで買い手がいないとか。

清充は苦笑した。

「幽霊の件がなくとも、もともとそう考えていたんです、僕の代になったらと。お恥ずかしい話、多幡の家は裕福ではないんです。そのわけは祖父の代に伯父がずいぶん食い潰したというのもあるのですが、もとから前田家や島津家のような国持大名の資産家とは違いますから、財産もさしてありません。かつては藩領で石英が採れたりもしたそうですが——石英って、水晶のことですよ。この鉱山もいまは手元に残っているものはありません。父の代でもそうとう苦しかったんです。もはや華族の体面を保つのは難しい。ですので、僕は襲爵手続きをしないつもりです」

えっ、とあげかけた声を呑み込み、鈴子はさすがにしばし言葉がなかった。爵位を放棄するということだ。

「親族は反対してますので、説得しているところなのですが……。僕が言っても年寄りは聞きませんから、知り合いの赤峯《あかみね》伯爵が親切にも懇々と説いてくださってます。ご存じですか？　赤峯伯爵を」

いいえ、と鈴子は首をふる。名前だけは耳にしたことがある。

「研究会の重鎮ですよ」と清充は言った。研究会というのは、貴族院議員の政治会派のひとつである。

「いいかたです。襲爵しないという僕の考えにも理解を示してくださって。頭の固い親族とは大違いだ。親族は僕が職に就いているのも気に食わないのです。子爵のする仕事ではないと。だから爵位は継がないと言っているのに」

ぶつぶつと清充はこぼす。

「お仕事をなさっておいでなのですか」

「ええ、京橋にある会社に勤めています」

どこか誇らしげに清充は言い、顔を輝かせた。なるほど、宮内省などの官庁勤めや会社社長などではなく、民間会社の勤め人というのは、華族のなかではめずらしいだろう。

「出版業なんですよ。あっ、よろしければ一冊さしあげます、いつも何冊か持ち歩いているんです」

清充は椅子の脇に置いていた鞄を漁る。勤め人のような鞄だと思ったが、実際そうだったのだ。

分厚い本を一冊さしだされて、鈴子はしかたなく受けとる。『精神療法の実践』という題が大きく記されており、『鴻《おおとり》心霊学会出版部』なるところが出版しているらしい。この『鴻心霊学会出版部』というのが清充の勤め先か。

鈴子には題字を見ても内容が一切推測できない。医学方面の本だろうか。裏返すと一羽の鳥の紋が中央に描かれている。雁《かり》のように見えるが、家紋なのか、社章なのか。ふたたび表に返して題字を眺めていると、清充が「精神療法というのは……」と意気揚々と説明しかかったので、鈴子は本をテーブルに置いた。

「そのお話はいまは結構です。多幡様は、いらしたとき『できれば急ぎでお願いしたい』とおっしゃっておいででしたが、いまお聞きしましたらお屋敷にはお住まいではないとのこと。それなのに、急がなくてはならないような危険があるのでございますか？」

「はあ、危険はないのですが――」清充は前のめりになっていた姿勢を戻して、「売却のために、お祓いが必要なんです」と言った。

「買い手が見つかったのでございますか」

「そうそう、そうです。幽霊の件があって、なかなか買い手がなかったのですが。いや、見つかったといいますか、以前から鴻さんにこの幽霊やら親族やらの件を愚痴ってまして――あ、鴻さんというのは、僕が勤めている『鴻心霊学会出版部』の代表なんですが、その鴻さんが、見かねて購入してくれることになったんです。鴻心霊学会で使うことにすると」

『鴻心霊学会』とやらは、子爵邸を同情で買い取ることができるほど、潤沢な資金を持つ団体なのだろうか。

鈴子の疑念を感じとってか、清充は「鴻さんは、織物業やら金融業やらなさっている実業家なんですよ」と説明した。

「ご実家は神職をなさっていたそうですが——ああ、なんだか花菱男爵と似ていますね。といっても鴻さんのほうがずっとお年を召してますが」

それに孝冬はナントカ学会など主宰してはいない。

「……そのかたに売却するために、お祓いを急ぎたいということでございますね？」

「ええ、そうです。鴻さんは幽霊が出ようが気にしないとおっしゃるんですが、さすがに、幽霊ごとはいどうぞとお渡しできませんでしょう」

ねえ、と同意を求められて、はあ、と鈴子はあいまいに返答する。心霊学会というのがどういうものか鈴子にはわからないのだが、『霊』というからには幽霊が平気なのではないのだろうか、と思った。

「ですので、なるべく早急にお祓いしていただきたいんです。いかがでしょう？」

「そのあたりを判断するのは主人でございますから」

そう答えたとき、表で自動車の音がした。

——孝冬さんかしら。

鈴子はさっと立ちあがる。目を丸くする清充にかまわず、鈴子は応接間の入り口に向かった。玄関の開く音とともに御子柴と孝冬がなにやら会話する声が聞こえる。鈴子が応接間を出る前に、孝冬が玄関をあがって応接間に到達していた。早い。

「お客様だとうかがいましたが」

孝冬は帽子を背後の御子柴に預け、応接間へと入ってくる。御子柴は一礼して、そのまま去っていった。

「ええ、多幡様が——」

「お約束もなくお邪魔しまして、すみません。花菱男爵」

あわてて清充が立ちあがり、あいさつする。「僕は多幡——」

「多幡清充様ですね。家令から聞いております」

孝冬は清充に座るよう手でうながし、自らはそれまで鈴子が座っていた椅子に腰をおろす。鈴子はその隣に座った。鈴子はちらりと孝冬の横顔をうかがう。

——機嫌がお悪いのかしら……。

孝冬は冷ややかな笑みを浮かべていた。

「このたびは、ぜひとも男爵にお祓いをお頼みしたくてですね」

言いかけた清充を、孝冬は手をあげて制止する。

「その前にひとつ、よろしいですか」

清充は目をぱちくりさせた。「はあ、なんでしょう」

「事前の約束もなく押しかけて、主の留守中に家にあがりこみ、その妻とお会いになるというのは、ずいぶん無作法な行為だとはお思いになりませんか、多幡様」

唇だけに笑みを浮かべたまま、淡々と孝冬は言い、いっぽうの清充は青ざめた。

「え、ええ、それは――」

「わたしがお通ししたのです、お話をうかがうと」

鈴子は横から口を挟んだが、孝冬は視線を向けようともしない。

「私は多幡様にお尋ねしているのです。なにがしかの誤解を受けてもしかたのない行動ですよ」

「も、申し訳ございません！」

清充はすっかり青くなった顔で、涙さえ浮かべていた。彫像のような顔立ちの孝冬が凍った目をして淡々となじると、迫力があって異様に怖い。清充は蛇ににらまれた蛙《かえる》のようだった。

「失礼とは知りながら、藁《わら》にもすがる思いで、ご令室のご厚情に甘えてしまい……まことに申し訳ございません」

清充の広い額にも首筋にもびっしりと汗が浮いている。それをハンカチでぬぐうゆとりもないようだった。

鈴子は由良から帳面を受けとり、それを孝冬にさしだした。

「……多幡様ご依頼の詳細は由良が書き取ってくれましたので、こちらをごらんになって」

孝冬がようやく鈴子のほうを見た。が、鈴子はふいとそっぽを向く。

鈴子とて、孝冬の留守中にほかの男性を招き入れるというのがよろしくないことくらい、わかっている。だから扉を開け放して、由良にも同席させたのではないか。それが目に入っていないのだろうか。孝冬は清充をなじることで、暗に鈴子を責めている。文句があるならわたしに直接言えばいいのに、といささか立腹していた。

「す……鈴子さん」

孝冬が小声で鈴子を呼ぶ。それまでと打って変わって、うろたえた声だった。鈴子は無視した。

どんな顔をしているのだかわからないが、孝冬は帳面を受けとった。それをめくっている音がする。読んでいるようだった。しばらくして帳面を閉じ、孝冬は口を開いた。

「――鴻氏が屋敷を購入なさるのですね。では、幽霊を祓ってしまってもいいのですか？」

その問いに、清充は「へ？」と間の抜けた声をあげた。

「屋敷は幽霊が出るので買い手がつかない、つまり幽霊込みで相場より安くなっているのではありませんか。となると幽霊を祓ってしまうと、それはふつうの子爵邸であって、立地の良さからいっても、ほかに買いたいというひとが現れるのでは。そうなれば売値は吊り上がるでしょう。端的に言いますと、あなたはいまの屋敷の価値を動かさないほうがいい。幽霊を祓うかどうかは、屋敷を購入したあと、鴻氏の判断に委ねてはいかがですか」

「え……え、でも」

清充は理解が追いつかないように目をしばたたいている。「幽霊屋敷をそのままお渡しするというのは、失礼では――」

「鴻氏はその幽霊屋敷でいいと言っているのでしょう？　そのほうが安いんですから、当たり前です」

孝冬の言葉に、清充はさっと頬を紅潮させた。

「お、鴻さんはそんな考えのひとではありません。僕が困っているから買ってくださるだけで」

「実業家なんでしょう。それだけで買いはしませんよ。あなたはひとがいいな」

清充はいきおいよく立ちあがった。憤然としている。

出ていった。

「帰ります！」と宣言すると、扉に向かって歩きだした。途中でぴたりととまったかと思うと、あわてて駆け戻り、椅子の脇に置いた鞄を手にとる。

「いずれにせよ、お祓いについては鴻氏と相談したほうが賢明ですよ」

と言った孝冬に返事もせず、清充は鞄を大事そうに抱えると、応接間をぴゅうっと走り出ていった。

孝冬は椅子の背にもたれかかって足を組み、「少年のようなひとだな」とひとりごちた。

「あんな言いかたをなさって……わざと意地悪をおっしゃったでしょう」

あきれて言うと、孝冬は心外だと言わんばかりに鈴子のほうに身を乗りだした。

「当たり前のことを言っただけですよ。彼の考えが子供じみているんです」

「あなたの態度も褒められたものではございませんでした」

孝冬は叱られた子供のような顔をした。

「私は夫として当然の主張をしたまでですよ。だって鈴子さん、なんですかこの『あんまりおきれいなんで、びっくりしまして』というのは」

帳面に綴られた文字を指さし、孝冬は怒ったように言う。鈴子は由良のほうをふり返った。彼は静かにそこに座っている。

「書かなくていいと言ったでしょうに」

「もう書いたあとでしたので……」

しれっとした顔で由良は言う。

「もうさがっていいわ」と告げると、由良はやはり静かに、風のように立ち去っていった。

鈴子はため息をつく。

「わたしが前もってお話を聞いておけば、あなたの手間も省けるかと思ったのです」

「お気持ちはありがたいですが、だからといって私の知らぬ間にあなたが男とふたりで会っているというのは看過しがたいことです」

「ふたりではございません。由良がおりました」

「……ふたりきりでなくとも、私のいないところで、というのがいやなんです」

孝冬は悄然と肩を落とした。

「いやなのでございますか」

「いやです」

鈴子は孝冬の顔を眺めた。とほうに暮れたような顔をしている。冷ややかな笑みを浮かべていたのとおなじひととは思われない。

「わかりました。では、よほどの事態でないかぎり、今日のような真似《まね》はいたしません」

え、と孝冬は顔をあげる。

「……いいんですか？」

「わざわざ、あなたのいやがることをしたいわけではございませんので」

それは鈴子の正直な気持ちだった。孝冬にいやな思いをさせてまで、我を通したいわけではない。

「もう怒ってませんか」

「ええ」

孝冬は大きく息を吐いて、椅子の背にもたれた。

「ああ、私は情けないな。あきれてませんか、鈴子さん」

「あきれてません」

鈴子は言ったが、孝冬は苦々しい顔で髪をかきむしっている。

「お茶を持ってきてもらいましょうか。お疲れでしょう」

腰をあげかけた鈴子の手を、孝冬がつかんだ。

「いえ――大丈夫です。ここにいてください」

鈴子は座り直し、孝冬の手を撫でさすった。まるで迷子のようだと思う。孝冬は、心細くてたまらないという顔をしている。当人は気づいていないのかもしれないが。

「孝冬さん」

こんなうちしおれた様子の彼に言うのも申し訳ないのだが、鈴子は言っておかねばならないことがある。

「多幡様が鴻氏と話し合って、やはりお祓いをあなたに頼むことになったら――」

「ないでしょう、それは」

「もしもの話です。そうしたら、わたしはあなたに同行いたします」

孝冬は椅子の背にもたれかかっていた体を起こして、鈴子の顔を覗き込む。鈴子は彼の瞳を見つめ返した。

「今回、多幡子爵はもうお亡くなりになっておられますが、このさき、松印のかたとかかわり合いになる機会があったら、わたしはやはり出向きます。家でじっと待ってはおりません」

「鈴子さん――」孝冬は眉をひそめた。

「危険だとあなたはおっしゃるけれど、わたしは、それは自ら進んでかかわろうとかかわるまいと、変わらないと思うのです。もし犯人がいまも華族社会で暮らしているなら、わたしの正体などとうに割れているでしょう。わたしが浅草の貧民窟出身であることは多くのかたがご存じですし。それでも、わたしは引き取られてからいままで、こうして無事でおります」

「ですから、藪《やぶ》をつつくような真似はやめたほうがいいと申しあげているんです」

「藪はもうつついておりますでしょう。相手からすれば、あなたであろうとわたしであろうと、松印を調べるならおなじこと。わたしたちは夫婦なのですから」

孝冬は黙る。

「たしかに松印については、あなたがお調べになったほうが効率はいいのでしょう。ですから、それについてはわたしもあなたにお任せしようと思います。ですが、犯人さがしをあなたおひとりにさせるつもりはございません。松印のひとがいて、お祓いを口実に赴《おもむ》くようなことがあれば、わたしも一緒に参ります。——わたしがなにをやって、なにをやらないか、はっきりさせておいたほうが、あなたも安心なのではございませんか」

はっと、孝冬は鈴子を見た。

「あいまいさは不安を生みます。はっきり決めておきましょう。わたしはあなたの知らないところで勝手な真似はいたしませんし、わたしひとりで松印の相手とかかわるような真似もいたしません。いかがでございましょう」

孝冬はしばらく鈴子を食い入るように見ていた。髪をかきあげ、息をつく。

「わかりました。もとより私はあなたに従うと決めているのですから、あなたの言うとおりにします。あなたは、なんというか……感情を理性に落とし込むのがお上手ですね」

言葉の意味がよくわからず、鈴子はすこし首をかしげた。

「たぶん、私よりずっと冷静だ。私はもうずっと、感情で動いてるんですよ。あなたに会ってから」

孝冬は苦笑する。

「それは——当たり前のことではございませんか」

鈴子だって感情で動いている。孝冬の言うほど理性的ではない。

「当たり前のことができるようになったのは、あなたに会ってからなんですよ」

あなたはまったくわかっていない——と、孝冬は言って、笑った。


数日後、鈴子は孝冬とともに車中にいた。雨はまだ降ってはいないが、開けた窓から湿った生ぬるい風が吹き込んでくる。

「『鴻心霊学会』というのは、霊術団体ですよ」

後部座席に座る孝冬が言い、鈴子は隣で首をかしげた。

「霊術団体……でございますか」

「霊術団体というのは、民間の精神療法の団体です。民間宗教みたいなものですよ。霊術の霊というのは幽霊というのではなく、霊妙な術といったような意味で、それで精神を治療すれば肉体の病も治るという考えのようです。こういう団体はたくさんありますよ。呼吸法だとか座禅のようなものだとか、手のひらをあてて治すとか。明治のころに流行った催眠術の流れを汲《く》むのですが」

「催眠術……」

「催眠術も民間治療の一種でした。流行しすぎて取り締まりの対象になりましたから、べつの方法へと移行したわけです。この流れには、千里眼の一件も無関係ではないですね」

「千里眼も？」

「千里眼の御船千鶴子《みふねちづこ》は催眠術がきっかけで能力に目覚めたといいます。催眠術の流行が千里眼の流行を生んだわけですね。そしてこの千里眼が心霊学というものを大いに広めることになりました。当時は心霊学は新しい科学だとずいぶんもてはやされましたが、千里眼が否定されるとともに科学からはじき出されてしまいましたね」

「はあ……」

車窓から吹き込む生ぬるい風が鈴子の後れ毛《おく》を撫でる。空はいまにも雨が降りそうに鈍色の雲が低く垂れ込め、黄昏時ながら夕陽の行方はわからない。

鈴子と孝冬は、牛込にある多幡邸に向かっていた。清充が憤然と帰っていった明くる日、あらためて彼の訪問があった。お祓いを頼みたいというのである。

――鴻さんが、それならお祓いをお願いしましょう、とおっしゃるので。

清充は誇らしさを隠せぬように鼻の穴をふくらませていた。

――幽霊を祓って、ほかに買い手が見つかったら、それでいいとおっしゃるんです。

鴻氏は多幡邸を安く買いたたきたいのではなく、あくまでも清充を助けるため、購入を申し出ただけだというわけである。

「いやしかし、鴻氏は狸《たぬき》ですね」

孝冬はふっと笑う。

「どうしてでございますか？」

「ああ言えば、多幡さんの性格からして、ほかに高い値で買ってくれるひとが出てきても、鴻氏にもとの値で売るでしょう。それをわかってのことですよ。私もひと役買ってしまったのかな」

たしかに、清充の様子を見ればそうだろうと思う。そこまで考えての言動なら、鴻氏というのはかなり老獪《ろうかい》な人物らしい。

「ご実家が神職だとうかがいましたが……」

「茨城の、鹿島灘《かしまなだ》近くにある神社らしいですね。次男なので八王子の縞買《しまかい》……織物関係の仲買商ですよ、そこへ奉公に出たのち独り立ちして大いに成功したと」

それがどうして霊術団体など創設するに至ったのだろう、と思えば、

「あるとき病に倒れて、それを治してくれたのが、鴻心霊学会の母体組織にあたる宗教団体の代表だとかいう話です。心霊学が宗教と絡んでくるのもよくある形式ですよ」

「なんでもお詳しいのですね」

感心すると、孝冬は苦笑する。

「いやいや、あまり買いかぶられてもあとが怖い。宗教がらみなので知っているだけです。——神楽坂が見えてきましたね」

孝冬が前方を見る。彼の言うとおり、外濠の橋の向こうに神楽坂が見えた。界隈は江戸のころから栄える繁華街である。栄えはじめたのは『神楽坂の毘沙門様《びしゃもん》』——善國寺《ぜんこくじ》が麹町から移転してきてからである。それまでは武家屋敷、それも大名屋敷は少数で、多くが旗本や御家人の屋敷だったというが、そうした屋敷が建ち並んでいるだけのさびしい土地であったという。毘沙門様のおかげで茶屋などの門前町も軒並み移ってきて、縁日には多くの参詣客で賑わうようになった。参詣客の賑わいはいまも変わらない。東京ではじめて夜店が出たのも、この毘沙門様の縁日だそうだ。明治になってからは花街もできている。高級将校の御用達らしい。鈴子の父親なども、もしかしたら通っているのかもしれない。

坂道の両端には柳が植えられて、ゆらゆらと枝を揺らしている。その下を人々が行き交

い、脇を自動車が走ってゆく。鈴子と孝冬を乗せた車は、神楽坂から脇道に入る。高台になるこの界隈は屋敷町である。ゆるゆると速度を落とした車は、ある屋敷の長屋門の前でとまった。多幡邸である。

ふたりは車を降りて門をくぐる。

「淡路の君が現れたら、どうなさるの?」

訊けば、

「私はこれでも、かの上臈の好みは知悉《ちしつ》しているつもりですよ」

と孝冬は笑う。

「話に聞くかぎり、ここの幽霊は淡路の君のお眼鏡にはかなわないでしょう」

――そうだといいけれど。

鈴子は、あの怨霊が哀れな幽霊を食らうところを見たくはない。

ぽつ、と雨が頬にあたった。孝冬があわてて鈴子の手を引き、玄関の軒下《のきした》に入る。

「降りだしましたね」

小さな水滴がひとつ、ふたつと石畳に模様をつけてゆく。降りそうで降らずにいた空にふさわしく、勢いのある雨ではない。ぐずぐずと雲ばかり水気にふくらんで、ようやく一滴、二滴と垂れ落ちてきた、という風情だ。

「濡れませんでしたか」

孝冬は鈴子の頬に落ちたしずくをハンカチでぬぐい、着物や羽織を点検する。

「大丈夫だと思いますが……」

薄縹《うすはなだ》の地に銀鼠《ぎんねず》の細縞が入った単衣に、白鼠の帯、灰青の羽織と、今日はさして華やかな装いではない。行楽ではないからだ。

「花菱様でございますか」

背後から声がかかり、ふたりはふり向いた。がらんとした薄暗い玄関に、頭のすっかり白くなった老人が立っている。物のよさそうな背広姿で、背筋がしゃんと伸びており、家令か執事といった雰囲気だった。

老人は友野《ともの》といい、多幡家が藩主であった藩の家老を代々務める家柄の人物で、先月まで家令を務めていたという。いまはべつの華族の屋敷でやはり家令をやっているそうだ。

「このお屋敷にはもう誰もお住まいではないのですが、本日は花菱様がいらっしゃるとのことで、鍵を開けてお待ちしておりました。すでに若様もおいでになっております」

若様というのは、清充のことである。どうぞ、とすすめられて鈴子と孝冬はなかにあがる。板間はひんやりとして、きしんだ音を立てた。友野の案内で廊下を奥に進むが、暗くて肌寒い。ひと気がないので異様に静かで、床板のきしむ音と息遣いが響く。口を開くのもためらわれて歩くうち、縁側に出るといくらか明るくなった。しかし雨の夕刻とあって、その明るさも知れている。硝子越しに庭が見えた。青々とした楓や老松に庭石、石灯籠。清充の伯父が頭をぶつけて死んだという石灯籠は、あれだろうか。

縁側の途中に清充がいた。てっきり座敷にいるのだとばかり思っていたので、意表をつかれる。清充は孝冬と鈴子を見て、ぺこりと頭をさげた。

「座敷にいると、伯父の幽霊が突然襖を開けて現れるんじゃないかと思えて、怖くって……」

そう言って恥ずかしそうに頭をかく。

「幽霊が襖を開ける座敷というのは、決まっているんじゃないですか？」

孝冬が首をかしげると、

「ええ、まあ、そうなんですけど。でも、その座敷を避けてべつの座敷にいたら、不意打ちでそちらに来るかも、などと考えだしてしまって」

「怖がりなんですか」

「いや、ふつう怖いでしょう。怖いですよ。悪いですか」

むきになったように言うので、孝冬は微笑した。

「私が見てきたなかでは、そういった変化をつける幽霊というのは、いませんでしたよ。

いつも決まりきった行動をとるばかりで」

声音《こわね》は思いのほかやわらかく、子供を諭すかのようだった。清充は眼鏡の奥で目をぱちぱちとしばたたき、「そうなんですか」とほっとした息を吐いた。

「じゃあ、そんなに怖がらなくっていいのかな。僕、もうずっと屋敷のなかをうろうろしてましたよ」

たしかに孝冬の言ったとおり、少年のようなひとである、と鈴子も思う。素朴なひとだ。

「伯父さんとやらは、陽の沈むころに現れるのでしたか」

孝冬は庭に目を向ける。「あいにくの天気で、よくわかりませんが」

「そう聞いてます。——そうだろう？」

清充のほうは庭から目をそらして、友野を見た。友野はうなずき、「はい、さようでございます」と答える。

「では、そろそろかな」

つぶやき、孝冬は腕を組む。鈴子は石灯籠のあたりに目を凝《こ》らした。清充はおびえた様子であわてて孝冬の背後にまわり、背中越しに庭をちらちらとうかがっている。

雨に煙るなか、ふいに石灯籠の前が暗く翳った。なんだろう、と思っていると、その影はひとの形をとりはじめる。石灯籠の前に佇む、何者かの姿が現れる。だが、まったく暗い影に覆われて、目鼻立ちはおろか着物の様子さえわからない。

一瞬のまばたきののち、それは縁側にいた。鈴子たちからは離れたところ、縁側の曲がり角の手前あたりにいる。もはや影ではなく、はっきりとひとの姿をしていた。

清充が声にならないかすれた音を喉から洩らして、荒い呼吸をくりかえす。がたがた震えていた。

「お、おじ……」

くたびれた老人の姿があった。六十くらいの歳だろうか。ほとんど禿げ上がった頭に、うなだれたうなじに浮かぶ骨までよく見える。黒の紋付羽織はすりきれて変色しており、袴もしわくちゃで裾がひどく汚れていた。

老人はぴくりとも動かなかったが、ぱん！　と音を立てて襖が開いた。同時に屋敷じゅうに響き渡るような大音声《だいおんじょう》が響く。

「返せ！」

つぎの瞬間、老人の姿はかき消えていた。

いつのまにか孝冬の背広にしがみついていた清充は、ぺたりと腰を抜かして縁側に座り込んだ。顔面蒼白である。

「大丈夫でございますか、多幡様」

鈴子が声をかけると、清充は震えながらなんとかうなずいた。眼鏡がずれている。

「ぼ、僕……こんなふうに、まともに見たのは、はじめてで」

唇をあわあわさせながら、清充は言った。

孝冬は幽霊の立っていたあたりに歩いていって、開いたままの襖の内を覗き込む。

「この座敷は、応接間ではありませんよね？　ずいぶん奥ですし。子爵の私室かな」

「さようでございます」

友野が答える。

「明成《あきなり》様……御前様の兄君でございますが、明成様がいらしたときは、そちらにお通しするよう、先代のころより言いつかっておりました」

『御前様』が清充の父、『先代』が清充の祖父か、と鈴子は頭のなかで整理する。

「『返せ』と怒鳴っていたようですが、どういうことでしょう？」

友野は困ったように目を伏せた。「さあ……わかりかねます」

「明成さんが子爵に貸していた金、あるいは物があったということでしょうか」

「まさか、そのようなことはけっして」

友野は激しくかぶりをふる。

「しかし、実際に明成さんはなにかを返してほしいわけだ。逆に言えば、それさえ返せば成仏しますよ」

「はあ……」

あの、と清充が座り込んだまま、挙手した。

「返せなかったら、成仏しないってことですか？」

「そうなりますね」

清充は泣きべそをかきそうな顔をした。鈴子は孝冬の姿を眺める。淡路の君は現れなかった。彼の言ったとおりだ。

「お祓いは？」と清充は言う。

「祝詞《のりと》をあげて大麻《おおぬさ》を振れば祓えるというものじゃあないんですよ、多幡さん」

「そんなあ」

またずれた眼鏡を直しながら、清充は「なんとかしてくださいよ」とむくれる。

「なんとかって……あなたも困ったひとですね」

「だって、鴻さんにも祓いますって言ったのに」

「なにを返してほしいのか、お調べになったら？」

鈴子は口を挟んだ。清充がふり返る。眉毛が八の字にさがっている。

「でも、皆目見当が……。僕は伯父と親しかったわけでもないし、調べようがありません」

「あなたはご存じなくても、お祖父様の代から仕えているひとたちなら、なにか知っているでしょう」

清充の目が、友野に向けられる。孝冬と鈴子も彼を見た。三人に注目されて、友野は身を縮めた。

「わ……わたくしはなにも」

「多幡の家のことなら、友野さんがいちばん詳しいはずだろ」

清充がようやく立ちあがり、友野につめよる。

「心当たりがあるなら教えてくれよ。もしそれが多幡の家にとって不名誉なことであっても、いまさら構いやしない。もう子爵でもなんでもなくなるんだから」

「若様、そんな……」

友野は力なくうなだれ、ちらと石灯籠のほうを見やった。

「……考えられるとしたら、多幡家伝来の美術品ではないかと」

「うちの美術品？　そんなもの、もうほとんど残ってないじゃないか」

清充は言い、孝冬と鈴子に向かって、

「昔は貴重な書画骨董のたぐいがあったんですが、金に困るたびすこしずつ売ってしまって、もう価値のあるものはありません。それくらいのことは、伯父も知っていると思いますが。うちの所蔵品で残っているものは、とりあえず親族の蔵に移してあります」

「市場価値はないけど、伯父さんには価値のあるものがあるとか？」

　孝冬が言う。

「そうなると、僕にはわかりませんけど……」

　清充は友野を見て、友野も「わたくしにもそれはわかりません」と言う。

「伯父さんの世話をしていた使用人というのはいないんですか？」

　孝冬は友野に尋ねる。

「こちらにお住まいだったころは、決まった御付の者というのはおりませんでしたが……その、女中のひとりを気に入っておいでで」

　友野は気まずそうにちらと鈴子を見やり、

「それで、先代が明成様を勘当なさって、家をお出になるときにその女中も一緒についていきまして、なんですか、正式に結婚はなさってなかったようですが、まあその、内妻という形だったようでして」

　しどろもどろ、説明する。

「そのかたは、いまどちらに？」

鈴子が訊くと、

「とうに死にました」

と返ってくる。

「あれこれ仕事をして明成様を支えていたようですが、体を壊して――」

鈴子が険しい顔をしたからだろう、友野は口を閉じた。

「伯父さん、手をつけた女中に死ぬまで働かせて、うちにも小遣いせびりに来ていたの？」

清充が怒ったように言った。「お祖父様も、ぜんぶわかっていて、そんな……。情けない」

「はあ、その……」友野はうなだれる。「先代は、じゅうぶんな援助をしてやっているから、女中もその娘もさして不自由なく暮らしているものと思っていたご様子で――」

「娘？」

清充だけでなく、鈴子と孝冬の驚きの声も合わさった。

「む、娘がいたのか？　伯父さんに？」

「はあ、ええ。ですが、その子もたしか十かそこらで病気で死んでしまったそうです」

ろくな暮らしでなかったんでしょう、と友野はしんみりと言った。清充は青い顔をしている。

「そんな……そんな話、いままで知らなかった」

「先代が皆に口止めなさっておいででしたし、恥でございますれば、どなた様も話題にもなさらず」

禁句であったわけだ。多幡家にとって、それらは……。

「あんまりだ。その子は僕のいとこじゃないか。それがひどい暮らしのなかで死んでいったなんて……それを知りもしなかったなんて……」

清充はひどい衝撃を受けているようだった。

「そのうえ、腹いせみたいにうちの庭で死んで、いまは幽霊になって祟っている」

悔しげに唇を噛み、こぶしを握りしめる。

「あんまりだ」

吐き出すように言うと、清充はその場から走り去ってしまった。友野はうなだれている。

孝冬は友野を眺めて、

「ほかには、いかがです」

と問うた。「え?」と友野が顔をあげる。

「まだ隠していることはありませんか」

「そんな、隠していたわけでは……」

「わかりますよ。先代が言うなと命じれば言えぬでしょう。それは仕方ない」

友野は孝冬から目をそらし、うつむいた。

「では、あなたが言えそうな範囲でお尋ねしましょう。たとえば、そうだな、子爵と明成氏のあいだで起こりえるだろう揉め事で、『返せ』という言葉が出てきそうな方面というと、女性関係でしょうか。贔屓にしている芸妓《げいぎ》を横取りされたとか」

「御前様はそうした問題はいっさいございませんでした」

あきれたように友野は言った。「潔癖なくらいの御方で。先代や明成様を見ておられたからでしょうが」

友野の声にはいくらか非難と皮肉がこもっている。孝冬はうっすらと笑った。

「なるほど。つきあいで花街で遊ぶこともないくらいですか？」

「社交といったら華族会館か芝の紅葉館に赴かれるくらいでございましたね」

「お堅いかただったのですね。浅草などで遊行に耽《ふけ》ることもなく？」

鈴子ははっとした。孝冬の質問の意図を理解したからだ。彼は松印である故子爵の、浅草とのかかわりをさぐっている。

友野はかぶりをふった。

「まったくございませんでしたよ。真面目な御方でございました」

「そうですか。そうなると、あと考えられそうなことというと――」

「なにもございません」

きっぱりと、かつ疲れた様子で友野は言った。

「これ以上、わたくしの口からお話しできることはなにもございません」

頑《かたく》なすぎて、かえってけげんに思う拒絶の仕方だった。友野の顔は青ざめている。

「わかりました」

あっさりと孝冬は言い、「帰りましょうか、鈴子さん」と鈴子をうながした。

鈴子はちらりと友野の姿をうかがう。友野は青い顔をして、うつむいたままだった。

――まだなにか、知っていそうだけれど。

これ以上問いただしたところで、口を割ることはないだろう。新たな家で家令をしている友野にとって、信用はなにより大事だ。かつての主家の秘事《ひじ》をべらべらとしゃべるのは、信用を欠く。その意味では、彼はすでにしゃべりすぎだろう。

玄関に戻ると、清充が上がり框《かまち》に座り込み、膝を抱えていた。

「……多幡様」

鈴子は清充の丸みを帯びた背中に声をかける。

「傘をお持ちではありませんか」

「え？」と清充はふり返る。きょとんとしている。

「傘は……ええ、持ってきていますよ。雨が降りそうでしたから」

「すこしお借りしてもよろしゅうございますか」

「え、ええ、どうぞ」

清充はあたふたと靴を履いて、下足箱の脇に立てかけてあった蝙蝠《こうもり》傘を鈴子にさしだす。鈴子がそれを受けとる前に、そばから手が伸びてきて、奪いとった。孝冬である。

「どちらへ？」

「すこし石灯籠を見てまいります」

孝冬は玄関を出て傘を開くと、「どうぞ」と鈴子に入るよう示す。鈴子は彼のそばに歩み寄ると、傘の柄をつかんだ。

「ひとりで大丈夫です。こちらでお待ちになって」

そう言い置いて、鈴子は庭に足を向けた。陽が暮れて、あたりは暗い。躑躅《つつじ》に青紅葉、植え込みの緑はすべて雨に濡れて、濃い藍色に沈んで見える。濡れた飛び石で足を滑らせぬよう気をつけながら、鈴子は石灯籠に近づいた。鈴子の背丈よりも頭ひとつぶんほど大きな石灯籠である。ずいぶんな年代物であろう、全体がなかば薄緑の苔に覆われ、笠の端は欠けて風雨に摩耗し、ひび割れもある。明成が頭をぶつけた血の跡というのは、雨のせいか暗いせいか、わからなかった。鈴子はうしろにまわり、反対側から石灯籠を眺める。苔むした姿は、本来は風情があるのだろうが、いまは陰気くささが勝っている。上から下へと視線を送っていた鈴子は、笠から火口に目を移したところで、思わず声をあげそうになった。危うくこらえる。

——顔が……。

四角く空いた火口のなかに、顔が、詰まっている。

詰まっている、としか言いようがない。

その顔は血色が悪く、肌は皺と染みだらけで、眉毛も睫毛も真っ白、すこし開いた唇からのぞく歯はほとんどなく、目は虚ろに濁っている。さきほどの老人——明成の顔だった。

明成の目は宙を向いている。鈴子はさっと視線を外して、息を整えた。足早に石灯籠のそばを離れて、孝冬の待つ玄関に向かう。孝冬はそわそわとした様子で鈴子を待っていた。

「大丈夫ですか、鈴子さん。顔色が悪いですよ」

孝冬は鈴子から傘を受けとり、心配そうに眉をひそめる。

「大丈夫です。——多幡様、伯父様はあの石灯籠をよほどお気に召していらしたの？」

清充は目をぱちぱちさせて、

「さあ、僕はよく知りませんが……。あれはもともと、多幡家の上屋敷にあったもので、維新後に移したんですよ」

ここはかつての下屋敷だったそうだ。上屋敷は政府に接収されて官員の宿舎になったという。維新後にはそうしてほとんどの武家屋敷が召し上げられていた。

「だから、けっこうな年代物ではあると思いますが、とりたてて価値がある物とは聞いていません。伯父が気に入っていたかどうかも」

清充はちょっと下を向き、また顔をあげた。眼鏡がずれる。それを両手で直して、「花菱男爵」と改まった声で言った。

「僕は思うんですが、もう、いいんじゃないでしょうか」

孝冬は清充の顔を眺め、わずかに首をかしげた。

「もういい、とは？　あいまいな物言いが私は好きではないのですが」

「すみません。伯父の幽霊をお祓いしてもらう件です」

「お祓いしなくていいということですか」

「そうです。だって……ひどいじゃありませんか、伯父は。あのひとを成仏させてやる必要って、あるんでしょうか。僕にはそうは思えない……」

孝冬は黙った。鈴子はその横顔を見やる。

——どうするつもりかしら。

「正直、私はどちらでもかまいませんよ」と孝冬は言った。「どのみち、いまのままでは私には祓えませんし。ただ——」

孝冬は鈴子に顔を向けた。

「鈴子さんは、どう思われますか」

「どう——とおっしゃいますと」

「あなたが祓ってほしいと言うなら、私は努力します」

——依頼人はわたしではないのだけれど。

清充がぽかんとしているが、孝冬の目には入っていないようだった。

しばし考えて、鈴子は口を開く。

「祓ってほしい、と要求するつもりはないのですけれど」

そう断ってから、鈴子は清充のほうを向いた。

「すこしばかり意見を申しあげてもよろしゅうございますか」

「え、ええ、はい。どうぞ」

清充はあわてたように身じろぎして、眼鏡の位置を直した。

「多幡様がさきほどおっしゃった、『成仏させてやる』というのは、とても思い上がったおっしゃりようだと思います」

「えっ……」

「そのように傲慢になれるのは、相手が死者だからでございます。あなた様は生きてらっしゃるだけで、死者より立場が上なのです。だからこそ哀れむことも傲慢になることもできるのです」

「はあ……、ええと」

汗が出てきたのか、清充は額をハンカチでぬぐった。

「すみません。よくわかりませんが……怒っておいでですか？」

「いいえ。ただ意見を述べただけでございます」

「はあ、すみません。そんなふうにはっきりおっしゃるご婦人にお会いした経験がないもので……」

清充はしきりに汗を拭いている。

「それで、その……夫人は、お祓いをしたほうがよいと思われるのですか？」

「いいもなにも、祓えなければしようのないことでございましょう。祓えるのならば祓うのが道理でございましょうが」

「道理……ですか」

清充はようやく汗をぬぐう手をとめた。腑に落ちたようなすっきりとした目をしている。

「なるほど。あなたのおっしゃることが、すこしわかったような気がします」

「祓ったほうが後顧《こうこ》の憂いがない、とも言えますね」

孝冬が口を挟んだ。

「あの幽霊がいては、噂話も消えることはないでしょうから。それは多幡家の名誉を著しく汚しつづけるでしょう」

清充は三和土《たたき》に目を落とす。

「名誉なんてどうでもいい——とは、さすがに言えません。ただでさえ爵位を返上しようというのに、これ以上家名を落としては、父や先祖に申し訳ないですから……」

力ない声で言って、清充は顔をあげる。

「すみません、花菱男爵。やはりお祓いしていただくよう、改めてお頼みします」

「わかりました」孝冬は淡々と応じる。「といっても、なにを『返せ』と要求しているのかわからないと厳しいのですが」

言葉を切って、すこし考えるように宙を眺めたあと、

「多幡家の古株の使用人で、もう隠居しているようなひとはいませんか」

と尋ねた。

「それなら、ばあやが……僕はばあやと呼んでいたんですが、生田《いくた》カメといって、祖父の代から女中をしていた者がいます。僕が十二の年に隠居して、いまは大森に住んでいますよ。僕は何度か遊びに行ったことがあります」

「大森に。では、あなたちょっと行ってきて、話を聞いてきてください」

清充は目をくりっと見開いた。

「僕がですか？　はあ、それは構いませんが、なにを訊いてくれば……」

「なにって、もちろん、伯父さんのことですよ。ほかになにがあるんですか」

孝冬の清充に向ける口調は、淡泊を通り越してつっけんどんである。しかし清充はそれに慣れたのか、「はあ」と言っただけで気分を害した様子もない。

「伯父さんの住んでいた家というのは、麻布でしたか」

「ええ、麻布の鳥居坂の下あたりだと聞いてます。行ったことはないので、よく知りませんが——まさか、行くおつもりですか？」

「いいえ、訊いてみただけです。そちらもまだ売り払っていないのですか」

「そちらまで手が回ってないんですよ。伯父が死んでから幽霊騒ぎで落ち着きませんでしたし、そうこうするうちに父も死んで、親族会議やらこの屋敷の売却の件やらあってもう目の回るような大変さで」

清充は深い息を吐く。

「それはお疲れでございましたね」

鈴子が同情すると、清充は「いやあ」と照れたように頭をかいた。

「実務はほとんど友野さんに任せていましたから、たいしたことはありませんよ」

「大変だったのかそうでなかったのか、どちらですか」

孝冬があきれたように言い、鈴子のほうに向き直る。

「それでは、鈴子さん。明成氏について調べを進めるということで、よろしいですか」

まるでわたしが主人か上官であるかのよう、と思いつつ、鈴子は「はい」と答えた。

「では帰りましょうか。すっかり暗くなってしまいました」

玄関の外は青黒い闇に染まり、それをそぼ降る雨が包んでいる。孝冬は清充の傘を広げ、当然のように鈴子にさしかけた。

「多幡さんもうちの車に乗ってください。傘のお礼に送りましょう」

「えっ、いいんですか。ありがとうございます。芝までは遠いのに」

「なにを言っているんですか。牛込見附の停留所までですよ。お礼としてはそのくらいが関の山でしょう」

「ここから牛込見附までなら、歩いても変わらないじゃありませんか」

「では歩いて行かれてはいかがですか」

孝冬は面倒くさそうに言う。商売人なのでおおよそひとあたりがいいのに、清充にはあたりがきつい。

「花菱男爵、ご友人がいないでしょう」

「……は？」

「僕が友人になってあげましょうか？」

「間に合っているので結構です」

そんな応酬をしている孝冬と清充を鈴子は見比べ、

「孝冬さん、芝まで送ってさしあげて」

と言った。

「わかりました」と孝冬は即答する。

清充があきれ顔で、

「夫人、男爵はいつもこうなんですか？」

「『こう』とは、どういったふうでございましょう」

「いえ、野暮なことをお尋ねしました。聞き捨てになさってください」

玄関から長屋門の屋根の下まで来ると、車から運転手の宇佐見が傘を手に駆けよってくる。鈴子は玄関のほうをふり返った。

「友野さんは、まだお帰りにならないのかしら」

「下男と一緒に邸内を一応点検しまして、戸締まりをしてから帰るそうですから」

そうでございますか、と答えつつ、鈴子は庭の方角に目を向ける。ここから庭は見えないが、鈴子の脳裏にあるのは、あの石灯籠だった。

＊

翌日のことである。

孝冬は仕事の合間に麻布を訪れていた。小糠雨《こぬかあめ》が降っている。鳥居坂で車を降り、傘をさして坂をくだる。このあたりには華族や皇族の邸宅が建ち並んでいるが、坂の下には一転して細々と家屋がひしめく下町の様相を見せる。概して東京の市街は坂が多い。ことに麻布一帯は台地と谷とが入り組み、街並みに独特の陰影をつけている。豪邸は鬱蒼と木の茂る崖の上にあり、その青黒い木陰に小さな家屋が肩を寄せ合って建つ。陰陽が街のなかに入り混じっている。

明成の家は崖下にあった。一軒家ではあるが、牛込の多幡邸とは比べるべくもない、質素な家だった。背後には崖が迫り、木々が家に覆い被さるように生い茂っているので、あたりは陰鬱な暗がりのなかにある。瓦葺きの平屋を囲む板塀は黴《かび》で黒ずみ、木戸門は片側の扉が外れている。門をくぐればすぐ玄関で、引き戸はひどくがたついたが、開いた。多幡家のもと家令の友野に、室内に入る許可は得ている。なかは真夜中かと思うほど暗い。三和土に佇み、目が慣れるのを待っていると、くしゃみが出た。埃が溜まっているのだ。孝冬はハンカチで口と鼻を覆い、一応靴を脱いでなかにあがった。玄関も廊下も、明成の死後、多幡家が下男に掃除でもさせたのか、物が散らかっていることも目につく汚れもなかった。

奥に進むと、座敷がある。障子も襖も開け放たれており、それでもじめっとした湿気と埃、それに饐《す》えたにおいが混じり合っていた。家具らしい家具は卓袱台《ちゃぶだい》くらいで、がらんとしている。処分されたのか、もとからなかったのか。つづきの座敷には布団が押し入れにしまわれることなく隅に積まれていた。そちらが寝間だったようだ。座敷に足を踏み入れると、畳が沈むような感触がある。表面が波打っているところを見ると、湿気でやられているのだろう。畳の下の板間が悲鳴をあげるようにきしんだ。隣の座敷に進む。孝冬は足をとめた。嗅ぎ慣れた香のにおいが、ふうと強くただよった。

――いるな。

好みの幽霊がいるのを嗅ぎ取って、淡路の君が嬉々としているのがわかる。暗闇に目を凝らすと、座敷の隅、布団の前に、女が正座しているのが見えた。縞木綿の膝の上できちんと両手を重ねているが、うなだれた頭は髷《まげ》も結わずにうしろでひとつにくったのみ、ほつれて垂れた髪のひと筋、ひと筋が見えるほどであるのに、不思議と顔の造作は翳に覆われて見えない。

明成の内妻、彼が手をつけたという女中だろう。彼女の話を聞いたとき、もしかするとここにいるかもしれない、と思ったのだ。当たった。

倦み疲れた苦しみが、うなだれた彼女の薄い肩ににじみ出ている。かすかな声が聞こえた。いや。すすり泣きの声だ。

「……から……、お願いですから……」

すすり泣きに混じるのは、痛みをこらえているかのような、かすれたか細い声だった。

「あの子だけは……堪忍して……私が……そのぶん、働きますから……」

孝冬は眉をひそめた。

「女郎屋になんて……お願いですから……」

哀願とすすり泣きがつづく。『あの子』というのは、娘のことか。明成はそれを女郎屋に売るつもりだったと……。

ふわりと香のにおいが動き、淡路の君が姿を現す。すすり泣く女の前に立ち、見おろしている。淡路の君の唇に笑みが浮かぶ。彼女は身をかがめ、やさしげに両手を伸ばして、女の体を袖のうちに包み込んだ。孝冬はそのさまをまばたきもせずに見つめる。淡路の君は顔に愉悦の笑みをたたえ、身を起こした。そこにもう女の姿はない。

食ったのだ。

淡路の君はゆらりと香の煙のように揺らいで、孝冬のもとに戻ってくる。袖を広げた淡路の君は孝冬に絡みつき、その手が冷たく頬を撫で、消えてゆく。彼女は満足している。それが肌から伝わってくる。香のにおいが濃く残り、消えてくれない。

座敷にはただ空虚な暗闇があるだけで、ひどく静かだった。孝冬の胸に寒々しさが広がる。それは胸の奥底にまでしみ込み、根を張る。淡路の君に幽霊を食わせるたび、冷えびえとしたものが体のなかに溜まってゆくのを感じていた。

――鈴子さんに知られたら、叱られるだろうか。

まだ淡路の君に幽霊を食わせていることを知られたら。

だが、孝冬には鈴子に叱られるよりも、軽蔑されるよりも、怖いものがある。

鈴子を失うことである。

淡路の君の祟りがほんとうにあるのか――幽霊を与えねば花菱の者は取り殺されるとい

う――わからない、と鈴子は言う。それはそうであろうと孝冬も思う。孝冬の父母も兄も自死しているが、祟りで死んだという証拠はない。

だが、と思う。ほんとうに祟りだったら？　幽霊を与えねば、死ぬのだとしたら？　もしもの可能性を思うたび、恐ろしくてたまらなくなる。自分が死ぬことではない。鈴子が死んでしまったら、と。

その恐ろしさが胸を凍えさせる。淡路の君に幽霊を食わせて感じる寒々しさなど、どれほどのものか。鈴子を失う以上にこの胸を凍らせるものはない。

孝冬が鈴子に黙って幽霊を淡路の君に与えるのは、これがはじめてではない。このさきも知られてはならない。知れば鈴子は苦しむだろうから。

座敷を離れ、冷たい廊下の板間を踏み、玄関に戻る。靴を履いて玄関を出る。足が重く、歩くのがひどく億劫《おっくう》だった。傘を打つ雨さえ重い。

雨に濡れた坂道をひとり、孝冬はうつむいてのぼっていった。

＊

鈴子は寝台脇の小卓に置かれたランプを灯し、部屋の明かりを消した。孝冬はまだ帰ってこない。今夜は遅くなるのだろう。

そう思って寝台にあがり、掛け布団をかぶったところで、寝室の扉が静かに開いた。身を起こせば、孝冬である。上着を小脇に抱え、こちらをうかがっているようだ。ようだ、というのは廊下の明かりが逆光になって、顔がよく見えないからである。

「起こしてしまいましたか。すみません」

「いえ、いま布団に入ったところでございました。おかえりなさいませ」

孝冬は部屋に入ってくると、寝台に腰をおろして、鈴子のほうを向いた。ほのかに酒のにおいがする。

「すこし飲み過ぎました。酒臭いでしょう。すみません」

「それほどでは……」

ランプのやわらかな明かりに、孝冬の顔が照らされている。酔いに目もとがやや赤い。表情には疲れが見えた。鈴子の視線を避けるように、孝冬は顔を背ける。

「お疲れでございましょう。寝巻を用意しますから、お着替えに――」

寝台からおりようとした鈴子を、孝冬は腕をつかんでとめる。

「自分でしますので、お構いなく。鈴子さんはさきに寝ていてください」

鈴子は孝冬の瞳を覗き込んだ。じっと見つめる。

「なにかございましたの？」

「いいえ」

孝冬は表情を取り繕うのがうまいひとではあるが、瞳の揺らぎまで隠せてはいない。急いで返事をしたから、声もかすれていた。

「……酔ってらっしゃると、こうしたものはうまく外せませんでしょう」

鈴子は視線を落とし、孝冬のカフスボタンを外す。彫金に真珠をあしらったカフスボタンだ。今朝、鈴子が選んだ。

急がず丁寧にカフスボタンを外して、小卓に置く。もう片方も外して、揃いのネクタイピンもとる。そのあいだ、孝冬は無言だった。鈴子もなにも訊かなかった。なにか抱えていることはわかったが、孝冬はそこに触れられるのを拒んでいる。無理強いしても彼を傷つけるだけだろう。時期が来れば話してくれるはずだ。そう思い、黙っていた。

孝冬の手が、鈴子の額から頬にかけてをためらいがちに撫でる。ときおり、孝冬は鈴子がここにいることをたしかめるように、心細げに触れてくる。鈴子はされるに任せている。

孝冬の手がランプに伸びて、明かりを消した。鈴子に見つめられるのを恐れるかのように。

翌朝、早朝と呼べる時間に、清充がやってきた。それを鈴子と孝冬の寝室まで知らせに来たのはタカである。彼女は部屋の扉の外で、「御子柴さんが対応してくださってるんですけど、まだお休みだと言っても、どうしても取り次いでくれって聞かないそうなんですよ」と憤慨した様子で告げた。

「私が行ってきましょう。鈴子さんはまだ寝ていてください」

孝冬は眠たげであったが、寝巻の上にガウンを羽織っただけの姿で部屋を出ていった。

『寝ていてください』と言われても、寝ていられるものではない。鈴子は寝台をおりて、つづき部屋で顔を洗うと、タカの手も借りて御召《おめし》の単衣に着替えた。しかしいくら手早く身なりを整えようとしても髪だって結わねばならず、階下におりたときにはすでに孝冬は清充を帰したあとだった。

「話は一応、聞いておきましたよ」

孝冬はあくびを嚙み殺しつつ、「着替えてきます」と階段に向かう。鈴子はそれに付き添う。

「多幡様は、なんと……？」

「とりあえず、多幡邸に向かうことになりました」

「今日でございますか」

「今日です。昼までに済むといいのですが」

孝冬は頭をかいている。今日は日曜で、孝冬と鈴子は出かける予定があった。前に約束した料理屋へ天ぷらを食べに行くのだ。

「多幡さんが言うには、大森からわざわざ生田カメさんがいらっしゃるそうです」

スーツに着替えながら孝冬が言った。

「生田カメさんとおっしゃると……あの、ばあやの？」

鈴子は簞笥からネクタイをとりだし、選んでいる。朝から雨で蒸し蒸しするので、孝冬は涼しい白麻のスーツである。合わせるならやはり涼しげな色がよい。しかし梅雨時なので真夏のような青は早いだろう、と青磁鼠のネクタイを選んだ。

「そのばあやです。カメさんは忠義者なようで、明成さんが死んでからも多幡家に迷惑をかけているとはけしからん、といたくご立腹だそうです」

「幽霊を叱りつけるおつもりでしょうか」

「さあ、どうでしょうね」

「孝冬さん、カフスボタンは翡翠でよろしゅうございますか。それとも水晶がいいかしら」

「あなたが選んでくださるならなんでも構いませんよ」

孝冬に意見を求めてもいつもこの調子で、まったく参考にならない。鈴子はカフスボタンを収めた箱の蓋を開けて悩む。冴えた緑の翡翠は美しいが、雨空には似合わない。ならば水晶か。あるいはすっきりと彫金がいいか。箱の上をさまよっていた鈴子の手は、乳白色の石を用いたカフスボタンの上でとまる。

――これがいいわ。

丸く磨いた乳白色の水晶を彫金細工に嵌《は》め込んだカフスボタンである。乳石英というのだったろうか。ネクタイピンも揃いである。これ以外にも、箱にはさまざまな水晶を用いたカフスボタンが並んでいる。

「多幡様がおっしゃっていましたけれど、藩領だった地方で水晶が採れるのだそうでございます。どんな水晶なのでございましょうね」

「あの辺は、紅水晶だったかなあ。いや、紫水晶だったかな?」

孝冬は思い出すように宙を眺め、つぶやく。

「鈴子さん、水晶がお好きでしたら、帯留めでも誂えてはいかがです?」

「もうじゅうぶんございますから、結構でございます」

「帯留めよりお昼の天ぷらのほうにお心が向いているのでしょうね」

鈴子は黙った。べつに図星だったわけではない。孝冬は笑っている。

　孝冬の着替えがすんだので、ふたりはいつものように香を薫き、朝食をとった。そろそろ出かける準備を、と思ったところで清充から催促の電話がかかってきて、孝冬はうんざり気味の顔をしていた。

　多幡邸への訪問のあと、昼食のために日本橋へ向かう予定なので、よそゆきの格好を整えねばならない。鈴子はタカとともに衣装を選んだ。柳色の紋紗縮緬地に楚々《そそ》とした白百合を描いた単衣に、やはり百合の帯を合わせる。半衿は絽に青紅葉の刺繡、帯留めは楓の葉を象った彫金に月長石をあしらってある。羽織は淡い藤色から薄緑にぼかし染めた地に、山百合や笹百合、鹿の子百合といった様々な百合の花を友禅と刺繡で表したものを選んだ。

　催促の電話があったのでいくらか気が急《せ》いて身支度をしていると――孝冬は急がなくていいですよ、と言っていたが――田鶴が「お手伝いしましょうか」とやってきた。得意ではないそうだが、着替えを手伝ってくれる。タカは驚きを喉の奥に呑み込んだような顔をしていた。

「淡路島の出で、顔見知りの娘がいるのですが――」

　と、手の動きはとめぬまま、田鶴が言った。

「歳は十九です。よく気のつく、行儀のいい娘で、手先も器用です。それが先頃、女中をしていた家から急に暇《いとま》を出されまして、新しい勤め先をさがしております」

鈴子は自分の前で身をかがめ、おはしょりを整えている田鶴の顔を眺めた。その意図を理解して、鈴子は問う。

「暇を出された理由はなに?」

「なにか雇い主である老婦人の気に障ったようでございますが、しかとはわかりません。しかしながら、常日頃は他人様の気分を害する娘ではございません。娘のひととなりについては、由良のほうが詳しく知っております」

「由良が?」

「幼なじみでございます」

ふうん、と相槌《あいづち》を打ち、

「わかったわ。その娘と会ってみましょう。屋敷に来るよう伝えてちょうだい。問題ないようなら小間使いとして雇うわ」

田鶴は、小間使いにその娘はどうか、と推薦しているのである。

「ありがとうございます」

「小間使いによさそうな娘をさがしてくれていたのね。どうもありがとう」

田鶴はただ目を伏せて一礼すると、鈴子から離れた。仕事に厳しい田鶴が推薦するのだから、その娘は優秀なのであろう。鈴子はすでに雇うつもりになっている。孝冬にも報告しておかなくては、と思う。

その孝冬は鈴子が着替えをすませて玄関に向かうと、すでにそこで待っていた。鈴子の姿を見てまぶしげに目を細める。

「よくお似合いです。やはりあなたは花が似合いますね。ことに百合が」

この着物は孝冬が鈴子のために用意したものである。今日も髪飾りに百合の造花を挿しているが、これもまた孝冬からの贈り物だった。よほど百合が好きらしい。

車に乗って多幡邸に向かう。

「田鶴が小間使いによさそうな娘を紹介してくれたのですけれど、雇ってもかまいませんか」

車中で尋ねると、孝冬は意外そうにすこし目をみはった。

「田鶴が？　へえ……。信用できそうな者でしたら、もちろん構いませんが」

「ありがとうございます」

「田鶴と仲良くなりましたか。私はいまだに彼女が苦手ですよ」

「仲良く、というわけではございませんが……反目はしておりません」

「それなら上々ですね。あなたがあの家で居心地よく過ごしているのであれば、よかった」

鈴子は孝冬に顔を向ける。

「他人事のようにおっしゃるのですね。あの家はあなたの家でございましょう」

孝冬は困ったような微笑を浮かべるだけで、なにも言わなかった。

・

「伯父がなにを返せと言っているのか、わかったんですよ」

多幡邸に到着するなり、興奮した様子の清充に出迎えられた。

「ひとまず、なかにあがっても構いませんか」

いたって冷静に孝冬が言い、清充は拍子抜けしたように「はあ」と脇に退いた。玄関をあがり、前回とおなじく廊下を進むと、縁側には向かわず、座敷に通された。開けた障子から庭が見える。襖の近くに、丸髷に黒紋付の羽織姿の小さな老婆がちょこんと座していた。その隣に友野もいる。「花菱男爵夫妻がいらっしゃいました」と清充はふたりに告げ、鈴子と孝冬に座布団をすすめた。

「ばあやの生田カメさんです」と、清充は老婆を紹介する。八十は過ぎていそうな老婆なのだが、頑健そうである。皺に埋もれた目が細く開いて、鈴子と孝冬に向けられる。その眼光の鋭さは、ふたりが怪しい人物ではないか検分しているようであった。

「それで——」孝冬が清充に顔を向ける。「なにを返せと言っているのかわかったというのは？」

「ええ、それなんですがね」

清充は前のめりに膝を進める。

「娘のことだと思うんですよ」

「娘……？」孝冬はいぶかしげに眉をひそめる。「病気で死んだという娘ですか」

「それが、生きていたんですよ」

晴れやかな声で清充は言った。

「どういうことです？」

「ですから、死んでいなかったんです。ねえ、ばあや」

清充はうしろに座るカメをふり返る。カメは目をしょぼしょぼとまたたいて、「誰にも言ってくれるなと御前様に言われておったんですがの」と不服そうに答えた。

「父さんはもういないんだし、伯父さんを成仏させるためなんだから」なだめるように言って、清充はふたたび孝冬のほうを向く。「その子は、病気で死んだということにして、養子に出したんだそうです。父の計らいで」

「養子に……？」

鈴子はつぶやく。清充は今度は鈴子に顔を向けて、「ええ、そうです」とうなずいた。

「まだ娘の母親……つまり伯父の内妻ですね、もと女中の。彼女が生きているころ、多幡の家からはときおり様子伺いに使いが出されていたそうなんです。祖父の代から父の代に変わっても、それはつづいたそうです。伯父はともかく、彼女とその娘は父も気にかけていたようで。内妻の具合が悪くなって寝付いてからは、頻繁に使いを出していたそうなんですが、彼女はしきりに娘の行く末を心配している。このまま自分が死んで娘が伯父のもとに残されると、必ず売られてしまう、と言うんです。使いに行っていたのは彼女の同僚だった女中なんですが、もちろんそれは父に報告されました。そして――」

清充はひとつ咳払いして、言葉をつづける。

「あるとき、内妻は死んでしまう。死後すぐだったのか、数時間かたっていたのかはわかりませんが、そこに使いの女中が訪れた。伯父はいませんでした。飲み歩いているので、常日頃から家にいるということが滅多になかったそうです。娘はいました。内妻の枕元できちんと正座していたそうです」

鈴子はその光景を想像した。胸の痛くなる光景だった。

「女中は娘の手をとり、この屋敷まで戻ってきました。父は友野さんに命じてすみやかに弔いの手はずを整えさせて、ばあやの実家に娘を匿わせた。磐城にある家です。伯父が帰宅したのは五日もたってからだそうですよ。もう弔いもとっくにすんでいました。だから内妻も娘も死んだと騙しやすかった。伯父は内妻が病気なのに帰りもせずに飲み歩いていたのを責められるのと、葬儀代を請求されるのをいやがったんでしょう、疑問を口にするでもなく信じたようです」

でも、と清充は言う。

「気づいたんじゃないかな。もしくは、誰かから聞いたか。それで、うちに乗り込んできたんですよ、きっと。『娘を返せ』と」

「何十年もたってからですか？」

孝冬が問いを挟む。

「二十年ですよ」と清充は答えた。「たしかにいまさら、という年数がたっていますが、実際に娘を返してもらいたいというより、難癖《なんくせ》だったんだと思いますね」

「難癖……金をせびるためということかな」

「そうですよ。もっと言えば、脅しに来たんですよ。返せ、できないのなら金を寄越せ、さもなくば世間にばらすぞ、ということです」

清充はどこか得意そうに胸を反らした。孝冬はそんな彼をじっと眺める。

「それは、あなたの考えではないでしょう」

「えっ？」清充はたちまち狼狽《ろうばい》した。「ど、どういう――」

「あなたから出る発想ではない。鴻さんとか言いましたか、そのあたりじゃありませんか」

「うっ、いや、その……」

「若様」カメが白い眉毛をぴくぴくと吊り上げた。「あれほど、他人様に言うてはならぬと――」

「いや、違うよ、だって鴻さんはこの屋敷の買い手なんだから、知る権利がある。そう、あるんだよ」

カメは寄せた眉根をゆるめることなく、清充をねめつけている。清充は肩を縮めた。

「……どなたのお考えでも構いませんけれど」

鈴子は静かに声をあげた。場が静まる。

「『返せ』というのが脅し文句ということなのでしたら、その要求には意味がないということになりましょうか」

清充が困ったように眉をさげた。「そうなりますね。まさかほんとうに娘を返すわけにもいきませんし」

「お嬢さんは、いまはどうなさっているのですか」

「嫁に行きました」と答えたのは、カメだった。「もう子供もおりますよ」

「カメの実家の養女になったのち、多幡家の家臣だった家の息子と恋仲になりまして、無事その相手のもとへ嫁いだそうです」

清充が補足する。カメが深くうなずき、誇らしげに胸を張る。

「それはようございました。――多幡様、わたしは違う考えがございます」

「え……」清充は目をしばたたく。「とおっしゃいますと……」

「『返せ』と伯父様がおっしゃっているのは、べつの物だと思います」

「べつの物？　なんですか？」

鈴子は、す、と腕を伸ばし、庭にある石灯籠を指さした。

「あの石灯籠でございます」

清充は首をかしげた。「石灯籠ですか。どうしてそうお思いになるのですか？　こう言ってはなんですが、ただ古いだけの、石でできた灯籠ですよ」

「伯父様が取り憑いているのはあの石灯籠だからです」

静かに告げると、清充は目を丸くした。

「伯父様は、あの石灯籠のなかにいらっしゃるわ」

「……なかに……？」

気味悪げに清充はつぶやく。鈴子が思い出しているのは——思い出したくもないのだが——石灯籠の火口いっぱいに詰まった老人の顔である。

この屋敷のひとたちは明成が庭先に現れて縁側にあがり、襖を開けるところしか見ていないが、おおもとは石灯籠なのだ。明成が頭をぶつけて死んだという、その。

「カメさん」

鈴子はカメに顔を向ける。

「あの石灯籠は上屋敷から運んできた物だとうかがっておりますが、笠に欠けとひびがございますね。倒れたことでもあるのでございますか」

「はあ」カメは細い目をぎゅうぎゅうと絞るようにまばたきをして、「ございますな」とうなずいた。

「そう、そう、明成様がまだお小さかったころ、庭で遊んでおられましてな、木から石灯籠に飛び移ろうとなさった。ずいぶん無茶をなさるお子でございましたよ。それで、石灯籠が倒れてしもうて——」

ふとそこでカメは言葉を切ったかと思うと、口をつぐんでしまった。

「あの石灯籠には、秘密がございましょう」

鈴子は言った。カメは唇をへの字に曲げている。

「御前様に言うなと言われておりますか」

むむ……とカメはうなり、隣の友野に視線を投げた。友野はぎくりとした様子で、腰を浮かせる。

「どのみち、あのなかにはもう、なにもないのでございましょう？　それなら構わないのではございませんか」

友野は力を失ったかのようにぺたりと腰を落とした。

「花菱男爵夫人は、千里眼でもお持ちでございますか。そのとおり、あのなかはもはや空洞でございます」

「なんの話ですか？」と清充は鈴子と友野を見比べる。

「――多幡家の旧藩領では、水晶が採れるのでしたね」

はっとした様子で言ったのは、孝冬だった。「紅水晶でしたか」

「まさか」

清充は愕然としている。

「紅水晶があのなかに？」

「笠の内に空洞をもうけて、紅水晶を埋め込んであったのです」

友野がうなだれて言った。

「ですが、とうに売り払っております。明成様のかかわった詐欺で損害を被った方々への、賠償のためでございました」

「でも、伯父さんは石灯籠のなかに水晶がまだあると思っていたんだな。それで『返せ』と――あれ、どうして『返せ』なんでしょう?」

「伯父様が見つけた物だからではございませんか」

鈴子はカメに目を向ける。

「遊んでいて石灯籠を倒してしまった伯父様は、なかに紅水晶が隠されているのを知ってしまわれたのですね」

しぶしぶ、といった態でカメはうなずいた。

「さようにございます。明成様は、自分が見つけたのだからこれは自分の物だ、と駄々をこねなさるので、わたくしは、これはお家の大事な財産でございます、としつこく申しあげました。家の物ならいずれ自分の物になる、というようなことを明成様はおっしゃって、引き下がりましたが……」

「そのときから、あれは自分の物だというお考えがあったのでございましょう」

そういえば、と友野が口を開く。

「先代が亡くなられてから、明成様は石灯籠の水晶について『ほんとうはまだあるのだろう』とさぐるようにおっしゃることがございました。わたくしは、事情をご説明しておりましたが……一度ならず、そのたび、何度もでございます。信じてらっしゃらなかったのかもしれません。『賠償金くらいでなくなるはずがない』とおおせで……」

「いつも自分に都合よく考えるんだな。あきれるよ」

清充がため息をついた。

「しかしそうなると、やはり返せる物はないことになりますよね、夫人」

「ええ。ですが、伯父様の執着がそこにあるのであれば――」

鈴子は石灯籠を見る。皆の視線も自然とそちらに向かった。

「――執着を断ってしまえばよろしいのでございます」

「執着を断つ？　どうやって？」

「石屋をお呼びになって、壊しておしまいになるというのは、いかがでございましょう」

えっ……、と清充はしばし絶句した。

「こ……壊すのですか」

「それがいちばんよろしいのでは？　水晶の隠し場所としての役目はもはや果たしておりませんし、なによりそうでもしなくては、離れそうにもありませんから」

「離れそうにも……」つぶやいて、清充は青い顔で石灯籠を眺め、幽霊が見えてはかなわぬとばかりにあわてて目をそらした。

「わ、わかりました。そうしましょう。そもそも、伯父が頭を打ちつけた石灯籠をずっとあの場に飾っておくというのも、どうかと思いますし。うん、そうですね。買い手からしたって、気味が悪いですよね。そうします」

口早に言って、清充はうんうんとうなずいた。

「あの石灯籠は、多幡家そのものでございますな」

ぽつりと、カメが言った。

「よもや無残に打ち砕かれることになろうとは、このカメ、代々の殿様方に顔向けができませぬ」

「ばあや、多幡家はなくなるわけじゃないよ。子爵でなくなるだけだ」

カメはむっつりと押し黙ってしまい、清充は頭をかいた。

鈴子は席を立ち、縁側に出る。障子の前に立つ老人が見えるような気がした。多幡家の家紋の入った、すり切れた羽織袴姿の老人が。その正装で、己こそ正当な当主であると示したかったのだろうか。

――なんにしても、根はお家騒動よ。面倒なことね、お家なんて。

ふと、朝子のそんな言葉がよみがえった。

後日、清充から連絡があり、石灯籠を壊してから幽霊が出ることはなくなったという。

多幡邸を訪れた日の昼、鈴子と孝冬は予定どおり天ぷらを食べに行った。先日同様、旬の魚の天ぷらが出てくる。さっくり、からりと揚がった衣に旨味のつまった鱚、車海老、穴子。やはりおいしい。

「おいしいですね」と孝冬も言うので、鈴子は安堵した。前にこの天ぷらを食べたとき、おいしいと思うと同時に、孝冬にも食べてもらいたいと思った。彼に食べてもらわなくては、鈴子の『おいしい』という感動は半分だけで、完成しない気がしていた。それがようやく完成した気分だ。鈴子は前回よりもいっそう、料理をおいしく味わえている。

「お義姉さんがたはおいしい店をよくご存じのようだ。機会があれば教えていただきたいものです」

「それでしたら、姉が兄たちも交えて皆で食事会をしたいと言っておりましたから、いかがでございましょう」

「へえ、いいですね。楽しそうだ」

「では姉にその旨伝えておきます」

大喜びで張り切る姉たちの姿が目に見えるようだった。

料理の最後に、漆器に盛られた水菓子が出される。白桃である。切り分けられた白桃を黒文字で刺して、口に運ぶ。瑞々しい果汁が口内にあふれる。桃が食用向けにおいしく改良されたのは明治に入ってからで、それ以前はおもに花を観賞するものだったという。これほど美味な果実が昔はなかったとは、なんてもったいない、と思う。

「花菱の家の献立には、水菓子はあまりないでしょう。これから増やしましょうか」

「いえ、たまにあるくらいがちょうどよいかと思います」

「そうですか？　でも鈴子さん、お好きでしょう」

「好きな食べ物はたくさんございますから、すべて食べていたら胃袋が足りません」

だからそれぞれ、たまにあるくらいがいいのである。

孝冬はなにが面白いのか、肩を揺らして笑っていた。

五月雨心中

朝から雨が降りつづいている。

鈴子は窓の外に耳をすましてみるが、雨音に包まれて、ひどく静かだ。ときおり窓にあたる雨粒の音しか聞こえない。そう思っていると、扉がノックされた。

「奥様、わかが参りました」

田鶴の声である。

「いま行くわ」

わか、というのは田鶴が小間使いにと推薦した者である。今日会って、雇うかどうか決めるのだ。

鈴子は鏡で髪に乱れがないか確認する。タカが衿をすこし直してくれた。結った髪には銀細工の簪、黒地の御召に桜鼠の羽織と、今日はいくぶん落ち着いた装いを選んだ。それでも御召には百合の花が、羽織には縞と萩《はぎ》や撫子《なでしこ》といった模様が織り出されており、楚々とした華やぎを添えている。簪には芥子《けし》真珠が品よくあしらわれていた。

応接間に入ると、手拭いで袖を拭いていた若い娘があわてて長椅子から立ちあがった。

すっきりとした束髪に地味な絣銘仙《めいせん》の、かわいらしい顔をした娘だった。

「あなたが、津島《つしま》わか？」

「はい」とわかはこっくりうなずく。素直そうな娘だった。

「わたしは花菱男爵の妻です」

簡潔に言ってから、鈴子はちらと彼女の袖を見やる。

「濡れてしまったの？」

「え？」

雨でだろう、袂《たもと》が濡れていた。わかの顔がさっと青ざめて、

「申し訳ございません、あの、椅子は濡らしておりませんから――」

袂をつかんで肩を縮める様子に、鈴子は驚かされる。

――ああ、そう受けとられるのね。

鈴子は背後にいるタカをふり返った。

「タカ、田鶴に手拭いを何枚かもらってきてちょうだい」

「かしこまりました」

わかはぽかんとして立ち尽くしているので、鈴子は「座ってくださって結構よ」と椅子を手で示した。

「えっ……あ、はい」

そろそろと腰をおろした彼女の隣に鈴子は座る。タカがすぐに戻ってきた。何枚もの手拭いをたずさえている。鈴子は手拭いを受けとって、一枚を袂の内側から、べつの一枚を上からそれぞれ濡れたところに当てた。水分をすぐに吸いとってしまわないと、染みになってしまう。鈴子は生地を傷めぬよう軽くたたくようにして、手拭いを押し当てる。

「染みにならないといいのだけれど」

「い、いいえ、こんなの、柳原《やなぎわら》の古着屋で買った安物ですから」

わかはひどく狼狽している。そうは言うが、彼女がこの銘仙を大事に着ているのだろうことは、見ればわかる。裄も袖丈も自分に合うよう直してあるし、大きな染みや汚れもなく、縫い目に土埃が溜まっていることもなく清潔で、破れたところはそれとわからぬように丁寧に繕ってある。鈴子はこの着物の扱いを見ただけで、わかに好感さえ抱いた。

「奥様、あとはわたくしが」

タカが言うので、鈴子は交代して、わかの向かいの椅子に座り直した。

「田鶴から聞いていると思うけれど、小間使いが欲しいの。あなたは女中をしていたそうだけれど、どちらのお屋敷？」

「新宿にある、藤園《ふじぞの》子爵の持ち家で……あの、藤園子爵の伯母にあたるかたがお住まいなんです」

「おひとり?」

「はい。長らく宮中に出仕なさっていたそうで、独り身です。そのお宅には以前はべつのかたがお住まいだったのですが、そのかたが亡くなられて、青竹《あおたけ》様が住むことになったそうです」

「青竹様?」

「あ、その伯母のかたです。宮中では『青竹』という源氏名をいただいていたそうで、そのように呼べとおっしゃるので」

なかなか癖の強そうな老婦人が思い浮かぶ。

「どうして辞めることになったの?」

「はあ……」わかは視線を落とし、言いにくそうにする。次いで出てきた言葉は、鈴子の予想外のものだった。

「手が、畳の上を這い回るので――」

わかの話によると、こうである。

青竹の家に勤めはじめたのは、四月初旬のころだった。そのころは、おかしなことはなにもなかった。青竹は宮中でお仕えしていたというだけあって、行儀作法に厳しく、きれい好きで、小言を言い出したらなかなか終わらないところはあったが、それをのぞけば働きやすい家だった。家は平屋の一軒家、座敷がみっつある程度のこぢんまりとした家で、青竹の生活ぶりも質素なものだった。女中はわかひとりだったが、そんな家なので手が回らないということもなかった。

ところが。

六月に入り、じめじめと雨がちの日が増えるようになったころ、わかは奇妙なものを目にする。

最初は、子猫が座敷に入り込んだと思ったそうだ。

白っぽい子猫が畳の上で転がっている。そう見えた。きれい好きの青竹に見られたらたいへんだ、とわかはあわてて子猫を外に出そうと駆けよった。

子猫ではなかった。

それは、手首からさきだけの、白い手だった。それが畳の上を這い回っている。指を虫の脚のように動かし、移動している。

わかは腰をぬかした。気づくと手は消えていた。きっとなにかを見間違えたのだろう――と、そのときは自分に言い聞かせたという。だが、その手の異様な白さ、透けて見えた紫色の血管、うごめく指、そんなものが記憶にこびりついて離れなかった。

二度目に見たのは、三日後のことだった。座敷を箒《ほうき》で掃いていたわかは、ふと視界の隅に白いものが映ったことに気づいた。

――あ、見たらだめだ。

と、思ったという。座敷には異様な雰囲気が漂っている。冷たいような、暗いような、変な翳が座敷を覆い、肩にずっしりとのしかかってくる。やっぱりあれは見間違いではなかったのだ、と肌で感じた。いますぐ座敷を走り出たほうがいい。だが、動けない。身じろぎした瞬間に、あれがこっちに向かってきたら。そう思うと動けなかった。見てはいけないと思うのに、見ないのも怖い。見ていないうちに、すぐそばに迫っていたら？　荒くなる息をこらえ、わかはそっと、ゆっくりと、目だけを動かした。

白い手が、座敷の隅を這っていた。指がうごめいている。わかは、手を凝視した。どうも手は、なにかをさがしているのではないか、と思った。

さわさわ……と、指がうごめくたびそんな音がするようで、背中に鳥肌が立つ。蜘蛛《くも》のようだった。蜘蛛ならまだいい。箒に乗せて外に出してやればいいのだから。

ふいにわかは、手が這ったあとになにか黒っぽい染みができているのに気づいた。指が動くと、ぽたり。また動くとぽたり、と畳に落ちる。黒ではない、赤黒い……。

——血？

箒を持つ手に力がこもる。息があがる。震える足の爪先は冷えている。

手がつと動きをとめたかと思うと、方向を変えた。指がわかのほうを向く。動きだす。

わかは悲鳴をあげて、はじかれたように座敷を飛び出した。

「——青竹様は、信じてくれませんでした。あのかたは、そんなもの見たこともないそうなんです。二年ばかりあの家で暮らしているそうですけど。仕事を怠けたのをごまかすために、そんな嘘をつくんだろうって。でも、嘘じゃありません。だって、あたしの前にあの家で雇われていた女中たちも、見たそうなんです。青竹様がそう言ってました。おまえたちは怠けたいばっかりに嘘をつく、どうせほかの女中から吹き込まれたんだろう——って」

わかは青い顔をして、両手を胸の前でぎゅっと握り合わせていた。

「前の女中たちも、それが理由で辞めさせられたのかしら」

鈴子が訊くと、

「その女中たちは、自分から辞めてしまったそうです。いえ、全員が全員、そういう理由かはわかりません。ただ、わたしのすぐ前に勤めていた女中は、はっきり『気味が悪いから』と言って辞めたそうです。それもあって、青竹様、かんかんになったんです。あの娘とおなじことを言うって。あたし、『いますぐ出て行け』と言われてしまって……」

「出て行ったの？」

わかはかぶりをふる。

「住み込みでしたから、急に放りだされたら行くとこなんてありません。つぎの勤め先が見つかるまで、ひとまず働かせてもらうことになりました。勤め先が見つかったらすぐ出て行くことと、それまでのお給金は出ないことになりましたけど……」

「……」鈴子は黙ったまま、かすかに眉をひそめた。

「あたし、その前の勤め先が華族のお屋敷だったんですけど、そこは旦那様が破産してしまって、一家離散で屋敷も売られて、もちろん使用人は全員解雇です。お給金も最後のほうは滞っていて、結局もらえずじまいでしたから、あたし、まとまったお金もなくって……」

話すうちにわかは泣きべそをかきそうになっていた。

「慎《しん》ちゃんに相談したら、田鶴さんに話してみると言われて、それで――」

「『慎ちゃん』？　どなた？」

あっ、とわかはいまいる場所を思い出したかのような顔をした。

「も……申し訳ございません。あの、慎一郎《しんいちろう》……由良慎一郎です」

由良のことか。そういえば、と鈴子は田鶴の言葉を思い出す。

「幼なじみなのだったかしら」

はい、とわかは勢いよくうなずく。

「淡路島の花祥《かしょう》養育院で一緒に育ちました」

「花祥養育院？」

首をかしげると、わかはけげんそうにする。

「孤児院です、あの……花菱様のご一族が代々やっておられる……」

鈴子は目をみはる。

——知らなかった。

「……淡路島のほうのことは、まだほとんど知らないものだから」

分家がやっているのだろうか。花菱家に嫁いでひと月にも満たない鈴子には、まだまだ知らないことがたくさんある。とくに淡路島の方面に関しては、まったくといっていいほど知らない。かつて淡路島での花菱家がどんなふうであったのか、七月にあるという神事がどういったものなのか、知らなくてはいけないことはさまざまあるのだが。

——淡路の君を祓うためにも……。

「それで、田鶴からわたしに話が来たのね」

「はい」

「わかりました。明日にでも、こちらに移ってくればいいわ」

「えっ」

一瞬の間のあと、わかの顔がぱっと明るくなる。

「じゃあ――」

「わたしの小間使いとして働いてもらいます。お給金や細々としたことは家令の御子柴から聞いてちょうだい。タカ」

タカは御子柴を呼びに部屋を出て行く。鈴子はわかに目を向け、

「青竹様のご実家の藤園子爵というのは、四谷の藤園様ね？　もと公家の」

「そうです、偉いお公家さんだったと聞いてます」

「青竹様がそうおっしゃったの？」

「はい」とわかはうなずく。

――千津さんなら、冷たく笑うところかもしれないわね。

と、鈴子は思った。千津は鈴子の父親の妾であり、異母姉たちの母親である。もと芸妓だが、没落した公家華族の出だ。彼女なら、『自分から偉いお公家さんだなんて言う家は、

ろくなものじゃあないわ』くらい言うだろう。

「……」鈴子はしばし黙考し、「そうね、こうしましょう」と口を開いた。

「明日、わたしは青竹様のお宅へうかがいます。あなたのお世話になった雇い主ですから、わたしのほうからひとことごあいさつ申し上げましょう。その足で、あなたはわたしと一緒にこちらへ来ればいいわ」

「奥様が、わざわざ、ごあいさつに……？」

わかは戸惑っている。

「あなたは花菱と縁のあるかたで、ふつうの雇い人というのとは異なりますから」

「はあ……」

「青竹様には、わたしがごあいさつにうかがうとお伝えしておいてちょうだい」

わかはまだ困惑した顔をしつつも、「かしこまりました」と答えた。

扉がノックされて、御子柴が入ってくる。入れ替わりで鈴子は部屋を出た。電話をかけたくてそちらへ向かおうとすると、階段のそばに由良がいて、なんとはなしにそわそわしたふうである。由良は鈴子に気づいて、ばつの悪そうな顔をして立ち去ろうとした。

「わかなら、こちらで働いてもらうことに決めたわ」

由良はさっと顔を赤くした。表情のない青年だと思っていたが、こんな顔もするのだな、と鈴子は新鮮な思いがした。

由良は一礼して足早に去ってゆく。狼狽を隠せていないそのうしろ姿を、めずらしいものを見る目で眺めたあと、鈴子は電話室に向かった。


孝冬が帰宅すると、鈴子はわかを雇うことにしたと報告した。

「そうですか。その娘はあなたのお眼鏡にかなったわけですね」

「物を大事に扱うかたに思えましたので。きちんと手入れした銘仙を着てらしたわ」

「なるほど。一事が万事ですね。あなたのお召し物を雑に扱われては困りますから」

上着を脱いだ孝冬はネクタイをゆるめ、椅子にゆったりと腰かける。鈴子は向かいに座った。

「明日から来てもらうことにいたしました。それで、わたしは明日、先方へごあいさつにうかがいに参ります」

「先方というと、その娘のもとの雇い主ですか」

「ええ」

「なぜ」

「ですから、ごあいさつに」

孝冬は足を組んで、「ふむ」と興味深そうに鈴子を見た。

「ごあいさつ、ですか。——その娘が辞めるいきさつというのを、まだうかがっていませんでしたね」

「手が出るのだそうです」

「手が出る？　殴られるんですか、雇い主に？」

「いえ、そういう意味ではなく……手の幽霊とでも申しましょうか」

鈴子はわかから聞いた話を語った。

「へえ、なるほど。手だけの幽霊というのはまた、めずらしい。それをごらんになりたいのですか？」

「たしかに興味はございますが……わかから聞いただけですので、青竹様とやらからもお話をうかがわねばと思っております」

「そうですか」孝冬はすこし考えるように顎を撫でる。「私もご一緒したいのですが——」

「あなたはお忙しいでしょう。これは松印絡みではございませんし、由良をつれて参ります」

「由良を」

「不服でございますか」

「そういうわけではありませんが……」

「では、明日はそのような予定で参ります」

鈴子はタカが運んできてくれた茶をひとくち飲んで、「そういえば」と話を変えた。

「わかは、由良と幼なじみだと聞きました。花祥養育院で育ったそうです」

「ああ」孝冬はつかのま、思い出すような遠い目をした。「花菱の家が昔からやっている孤児院ですね。江戸時代からだったかな。明治になって、本家が東京に移ってからは分家が運営していますが。私は訪れたことがないのですが、たしか兄がときおり足を運んでいたはずですよ」

「そうなのですね。すこしも存じませんでした」

「淡路島の花菱については、私も詳しくないもので。薫香の製造所には折々行きますが、分家のほうには数えるほどしか行ったことがありませんね。分家には神社も任せているのですが」

「花菱家の家譜のようなものは、そちらにございますの？」

家譜というのは、家系図やら略歴やらを記したものである。

「そうなりますね。だいたい、花菱の歴史にまつわるものは神社にあって、管理は分家がやっています。神社の縁起にしてもそうですし。長い家系図も神社の保管庫にありますよ」

「では、淡路の君のことなども調べようと思うと、そちらへ赴くのがいちばんよいのでございますね」

「そうですね。まあどのみち、来月の神事で淡路島へ行かねばなりませんから、そのとき調べるのがいいでしょう」

「神事というのは、どのような……」

「秘祭ですので、山王祭のような派手なものではありませんよ」

山王祭は日枝《ひえ》神社のお祭りである。陽年——子、寅、辰、午、申、戌の年に本祭が行われる。祭日は六月十四、十五日だ。江戸のころには上覧祭などといって、将軍がごらんになるという大きな祭だった。いまは当時に比べればずいぶん質素になったそうだが、それでも山車《だし》や曳物《ひきもの》などでにぎやかなものである。麴町の家々には絵行灯《えあんどん》や軒提灯《のきぢょうちん》が飾られるが、これは町人の祭であるので、華族の花菱家にはかかわりがない。

「そうですね、毎朝行っている薫香をもうすこし仰々しくしたようなものですよ。私たちが毎朝行っているあれは、その神事を略式にしたものですから」

「そうなのですか。……ということは、そのときには、わたしが香を薫かねばならないということでございますか」

「まあ、そうなりますね。難しくはありませんので、大丈夫ですよ」

孝冬はにこやかに言うが、ほんとうだろうか。鈴子は疑わしく思う。

「淡路島にはおいしいものがたくさんありますからね。きっと鈴子さんのお気に召すと思いますよ」

「あなたはまた、そんなことばっかりおっしゃるのだから……」

おいしいものがあれば鈴子の機嫌がとれると思っている。見え透いているが、それで鈴子が喜ぶと思っている孝冬はかわいげがあるので、鈴子は否定せずにいる。それにおいしいものは食べられるに越したことはない。

「瀬戸内の島はいいですよ、海の幸、山の幸どちらも豊富で……」

などと孝冬は言い、つらつらと料理の例を挙げる。鈴子は孝冬の言う鯛飯やら河豚《ふぐ》の刺身やらを思い浮かべて、黙って耳を傾けていた。


麴町から四谷へと外濠を渡り、市電を横目に車を走らせれば、新宿に入る。このあたりはかつて内藤新宿という宿場町だったところだ。宿場町とあって明治になってからも妓楼があった界隈だが、皇室の御料地である新宿御苑がすぐ南にあり、ここに妓楼があっては都合が悪いというので、二年前にやや北のほう、新宿二丁目の空き地だったところに移転させられている。新宿遊郭である。

さらに西へ行けば東京近郊の交通の要、新宿駅があり、そのさきには淀橋《よどばし》浄水場がある。明治三十一年に出来た浄水場である。鈴子を乗せた自動車はそちらへは向かわず、路地を北へと折れた。うらぶれた風情の町家がつづいたかと思うと、お屋敷を囲う高い塀が現れる。その裏手にひっそりと隠れるようにして、一軒家があった。竹垣に囲まれている。屋敷の影に入るからか、昼日中だというのに、妙に薄暗い。

鈴子は車から降りると、玄関に向かった。うしろには由良が控えている。雨は降っていないが、じっとりと蒸し暑い。白緑の紋紗縮緬に百合や芙蓉《ふよう》を描いた友禅の単衣に、ごく淡い青磁色の絽に花籠を染めと刺繍で表した帯、沢瀉《おもだか》の地紋が入った白から柳色をぼかし染めた三つ紋付の夏羽織。帯留めには真珠とダイヤモンドがちりばめられている。簪も帯留めと揃いである。今日の出で立ちは涼しげであり、かつ豪奢であった。侘び住まいを訪ねるには場違いと思えるほど。

「ごめんくださいませ」

静かに声をかけると、すぐに「はい、ただいま」と元気な返事が聞こえる。わかの声である。戸を開けたわかは、鈴子の姿をひと目見るなり、ほうっと感嘆の息を吐いた。

「わか、どなたです」

奥からしわがれた硬質な声が響く。叱責されているのかと思うような声音だ。

「花菱男爵夫人です、青竹様」

ひと呼吸の間があったあと、

「お通ししなさい」

と権高な物言いが聞こえる。どうぞ、とわかが玄関をあがるようすすめる。鈴子の背後にいる由良を見て、わかは朗らかな笑顔になった。素直な娘である。

わかの案内で座敷に入ると、床の間の前に黒紋付の羽織を着た、小柄で痩せぎすの老婆が座っていた。彼女はじろりと鈴子を上から下まで眺める。その一瞥で、いい感情は抱かれていないと察しがつく。わかは鈴子を案内すると、座敷には入らず去っていった。

「なんですか、わかをそちら様でお雇いになるとか、それでごあいさつにいらっしゃるとお聞きしておりましたけれども、わざわざまあ、ご苦労様でございます」

わずかばかり頭をさげて、青竹は正面に置いた座布団に座るよう、手で示す。鈴子は羽織の裾を払って座った。

「こう言ってはなんですけれども、あまりおすすめはしませんけれどね、あの娘をお雇いになるのは。もうお決めになったのならしかたありませんけれどね。それにしたって、昨日の今日ですよ、勤め先が決まったから出て行くといきなり言うんですもの、こちらとしてもね、急なことですから、新しい女中もまだ用意できてないんですよ」

座るなりとうとうとしゃべりだした青竹に、鈴子の片眉がぴくりと動いた。

「……わかは解雇されたと聞いておりますが」

静かに訊き返すと、青竹は大きくうなずいた。

「そうですよ。あの娘が怠けたいばっかりに嘘をつきますので。それでもつぎの勤め先が見つかるまで置いてほしいと言うものですから、置いてやっていたのですよ」

「それなら、勤め先が見つかって双方ともによかったのではございませんか」

鈴子は淡々と言葉を返す。「勤め先が見つかったらすぐに出て行く約束だと聞きましたので、わたしのほうから急がせたのでございます」

「それは……、だからって、あなた、こんな急では困りますよ。女中がいなくては……」

「無給で働かせることのできる女中がいなくなると、お困りになるということでございますか」

青竹はつかの間、ぽかんとし、それから顔を朱に染めた。

「なっ……なんて失礼な！　あなた、なんですか、私は温情でわかを置いてやっていたんですよ、それを、まあなんて言い草でしょう。男爵夫人は礼儀を教わってらっしゃらないのかしら――」

わめきたてる青竹の言葉を右から左へ聞き流しながら、鈴子は縁側のほうに目を向けていた。障子も縁側の硝子戸も開け放たれ、猫の額ほどの庭の向こうにすぐ竹垣がある。鈴子が見ていたのは庭ではない。その手前、縁側の端。そこから顔を覗かせている男がいる。縁側の下から、顔の上半分を出して、目だけ左右にゆっくりと動かしている。鼻から下は見えない。青白い顔の男だった。髪は短く刈り上げている。額は広く、眉は薄い。黄色みを帯びた白目が血走っており、一重瞼《まぶた》がぴくぴくと痙攣するさまさえ、くっきりと見てとれる。瞳は黒く淀んでいるのに、爛々《らんらん》と異様な光を帯びていた。暗くじっとりとした湿り気を帯びた、貼りついたら離れないような、粘ついたまなざしだった。顔の横に片手が見え、指先が縁側の端に置かれていた。その指がそろりと動いて、縁側の端から上へとあがってくる。そろり、そろりとすこしずつ、感触をたしかめるように、あたりをまさぐるように。

「ひっ」

か細い悲鳴が聞こえた。盆を手にわかが縁側に立ち尽くしている。顔は蒼白だ。あれを見たのか、と鈴子は思ったが、違う。わかの視線は座敷に向けられている。床の間の前、青竹のうしろあたり。

手があった。片手の、手首からさきだ。それが這っている。指をもぞもぞとうごめかせて、畳の上を動いていた。

「あ……あ……」

わかは身を震わせている。盆にのせた茶碗と茶托がかたかたと揺れた。

「なんです、わか、早く来なさい」

青竹が眉間に皺をよせてきつい声を投げる。しかしわかの耳には入っていないようだ。目は畳の上の手に釘付けになっている。縁側から顔を覗かせている男は見えないらしい。鈴子も座敷のほうの手を目で追う。わかの言ったとおり、蜘蛛のようだった。指の動きは人間のものとも思われない。手は骨張って動くたび筋が浮かび、紫色の血管が透けて見える。爪のあいだが赤黒い。そんな細かなところまで、明瞭に見えすぎた。

ぽたり、ぽたりと手が動いたあとに滴るものがある。それがなんであるのかは、はっきりしていた。血だ。手首から流れ落ちる血だ。わかは言及していなかったが、その手は手首のところでちぎれて、血が滴っているのだった。凝視したいものではないので、鈴子は目をそらす。だが見てしまった。石榴《ざくろ》のような血肉を。

おそらくわかはここまで見えておらず、縁側のあの男の顔も見えていないのだろう。もし見えていたら、いま程度のおびえぶりではすまないはずだ。

「て、手が」

わかは震えながらも声をあげた。「手が——青竹様」

「またおまえは、そんなことを言って」

青竹はきっとわかをにらみつける。彼女にはなにも見えないらしい。

「恩知らずだこと、最後までろくでもない嘘を——」

「わかは嘘を申してはおりません」

言ったのは鈴子だった。青竹が驚いたように口をつぐむ。

鈴子は、すっと畳を指さした。青竹の座っているところの、向かってすぐ左隣あたりに、手が這っていた。

「そこに、手が這っております」

青竹がぎくりとして、鈴子の指さすあたりに目を向ける。だが、視線は手を捉えない。

やはり彼女には見えないのだ。

「なにもないでしょう、あ……あなたまで、なにをおっしゃっているんです。わかと一緒になって、藤園家を侮辱するおつもり？　わが藤園家は大納言にまでなった者もある由緒ある公家ですよ、たかが神職の男爵夫人や女中ごときに馬鹿にされるいわれはありませんからね。私がなにも知らないとお思い？　あなた、貧民窟でお育ちなのですってね、おお穢らわしい！　そんなたいそうな着物を着ていたって、賤《いや》しさは隠せませんよ——」

口角から唾を飛ばしてまくしたてる青竹を、鈴子は黙って眺めていた。見えないのであれば怒るのも無理はない。自分の住んでいる家について不気味なことを言われたら、気分を悪くして当然だろう。だが、それと相手を見下して口汚く罵ることはべつである。この歳になるまで怒りかたを教えてもらわなかったのだろうか、と鈴子はいくらか同情を覚えた。

端然と黙したままの鈴子に、青竹は興醒めしたように口を閉じた。興奮したためか、肩で息をしている。居心地悪そうに視線をさまよわせたかと思うと、顔を背けた。

「も……もういいでしょう、ご用がすんだのなら、お帰りになって。わか、早く荷物をまとめて出て行きなさい。さあ、早くなさい、早く」

青竹は犬猫でも追い払うようにシッシッと手を動かして、茶を運んできたわかを追い返す。畳の上からは、いつのまにか例の手は消えていた。

「それでは、お暇いたします」

鈴子は腰をあげる。背後に影のように控えていた由良も立ちあがった。鈴子は座敷を出る前にふり返り、青竹を見おろす。

「わたしの実家《さと》の親戚に、やはり宮中に出仕なさっているかたがいらっしゃいます。わたしは宮中のことはよく存じ上げませんけれど、権掌侍《ごんしょうじ》だとおっしゃったかしら。内侍《ないし》とお呼びするのでしたか。お上からいただいた名は萩《はぎ》とおっしゃって」

青竹の顔色が、面白いように青ざめた。

「華族というものは、どこでどう縁がつながって親戚となっているか、わからぬものでございます。――あなた様も『由緒ある公家』の出であるならなおのこと、名誉を重んじ、国民の模範たる華族の一員として、女中を無下になさるようなお振る舞いはおやめになるのがよろしゅうございましょう」

淡々と告げて一礼すると、鈴子は座敷を出た。縁側を見れば、あの覗いていた男も消えている。玄関に向かっていると、うしろから由良が、「奥様、さきほどおっしゃったのは、いったい……」と戸惑いと好奇心の混じった声で訊いてくる。

「あの青竹様とやらは、宮仕えなさったことなどないそうよ」

さらりと言うと、由良が驚いて息を呑む気配があった。

彼女は『お目見得』といって、女官に適しているかどうかを見る場には出向いたそうだが、結局、出仕はしなかったという。

そういった話を、鈴子は昨日、瀧川家へ電話して、千津から聞いたのである。公家華族のことなら、彼女が詳しい。宮中に出仕している親戚がいるのは千津である。千津の母方の親戚が、明治天皇の代から女官として宮中に勤めているのだ。

──『偉いお公家さん』ねえ。

わかの言っていたことを告げると、電話の向こうで、千津はやはり冷たく笑ったようだった。

──弱い犬ほどよく吠えるものよ。

と、千津は言った。想像していたよりもずっと辛辣《しんらつ》であった。鈴子はさすがにそこまで言おうとは思わなかったが、首にした女中を体よくただ働きさせるのは業腹《ごうはら》である。だから釘を刺しておいたのだ。

玄関ではすでにわかが風呂敷包みを抱えて待っていた。

「荷物はそれだけ？」

「はい」うなずくわかに、鈴子はうしろをふり向き、「持ってあげて」と由良に告げる。

車に乗り込み、走りだしたところで雨がぽつぽつと降りはじめた。

「あの……」

隣に座るわかが口を開いた。わかは恐縮した様子ながら、ものめずらしそうに車内を眺めている。

「奥様は、あれが……あの手が、お見えになったんですね」

「男の手だったわね」

「えっ」わかはびっくりした顔で鈴子のほうを向いた。

「そうだったんですか？　あたし、そこまでは、よく……ねえ、慎ちゃ――ゆ、由良さんは見た？」

わかは助手席の由良に話しかける。

「見ていない。俺はそういうものは見えない」

由良はふり向きもせず、そっけなく答えた。

「そう……。青竹様にも見えなかったし……。あれって、なんなんでしょう？　手だけの幽霊って」

「手だけではないと思うけれど……」

「え？」

鈴子は、さきほど目にした男の異様な様子を思い出す。幽霊と言うには禍々《まがまが》しい。脳裏によぎったのは、以前見た塀を這う女の死霊だった。孝冬はあれを『魔』と呼んだ。縁側にいたあの男も、そう呼ぶにふさわしく思える。

――わかがあの家に居つづけたら、どうなっていたか。

「……あなたはもう、あの家に近づかないようになさいね」

わかは不思議そうな顔をしつつも、「はい」とうなずいた。鈴子より彼女のほうが年上なのだが、どこか妹を案じるような心地にさせる娘である。

雨粒が車窓を打つ。雨脚が強まってきたようだ。ときおり大きな雨音が響く。わかは雨に濡れる車窓を眺めている。

「あの……奥様」

わかは車窓を流れる雨に見入ったまま、口を開いた。

「あたし……淡路島から出てきて、最初に女中奉公にあがったときも、雨だったんです」

雨音にかき消されてしまいそうな声で、ぽつりと言った。

「それで、やっぱり着物が濡れてしまって……そのときは木綿でしたけど、でも、一張羅《いっちょうら》だったんです。あたし、その家の奥様のところへ連れて行かれて、そしたらとてもいやな顔をされました。そんな濡れ鼠みたいな子、こちらに連れてこないで、絨毯が濡れたらどうするの、って。あたし……」

わかは膝の上でそろえた手を、じっと見つめた。

「昨日、奥様があたしの銘仙を拭いてくださったの、とてもうれしかったんです」

鈴子はわかの横顔を眺める。わかははっとした様子で顔を赤くして、

「す……すみません。こんな、どうでもいい話を……あたし、無駄口が多いって、いつも叱られます」

「……自分の思いを口にするのは、無駄口ではないと思うわ」

鈴子は言って、濡れた車窓に目を向けた。

――己は絨毯よりも価値が低いのだ、と知らされたときの気持ちがどんなだったか。たかだか濡れた着物を拭いてやったくらいのことをありがたがる、そこにわかの傷ついた気持ちが横たわっている。

「わたしはあなたの話を聞いてみたいわ」

それはわかに限った話ではない。田鶴にしろ、孝冬にしろ――。

わかの顔がぱっと明るくなり、「ねえ、聞いた？　由良さん」と助手席に身を乗り出す。かと思うと後部座席に座り直し、落ち着きがない。「奥様、あたし、いっつも由良さんにおしゃべりだって怒られるんです。でも、奥様がそうおっしゃるのだから、あたし、おしゃべりでいいのだわ。そうですよね、ね」とうれしそうに一気にしゃべる。由良がちらりと鈴子のほうに視線を投げた。『余計なことを……』と言いたげな目だった。


翌日のことである。

夜になって帰宅した孝冬が、「今日、藤園子爵の家令が訪ねてきましたよ」と言った。

青竹宅へ行ったときの顚末《てんまつ》は、孝冬にも話してある。

「会社のほうに、でございますか」

「ええ」

孝冬は上着の胸ポケットから、封筒をとりだす。

「これはわかに渡しておいてください。昨日までの給金だそうです」

「払ってくださったのですか。それはよろしゅうございました」

「なんでも、藤園家では把握してなかったそうですよ、ただ働きの件。そのうえ、どうも藤園家から出していた本来の給金から、子爵の伯母が――青竹様でしたか、そのかたがいくらか上前をはねていたようで」

「まあ」

「その差額も入っています。加えて、口止め料もでしょうね。どうかご内聞に、と頼まれましたよ」

内聞にしてもらいたいのは、女官を騙っていた件もだろう。というより、そちらのほうが大きいか。女中相手に虚言を吐いただけのことではあるが、表沙汰になれば、大事である。

「藤園家でも伯母をもてあましていたようですね。以前は四谷の屋敷で一緒に住んでいたものの折り合いが悪くて、空き家になっていた新宿の家のほうに移ったそうですよ。当初は藤園家から女中が出向いていたのが、あんまり伯母からの扱いが悪いので皆いやがる。それでべつに雇うようになって、それでも女中は居着かない。女官だの青竹だのという虚言の話も聞こえてくる。いままたわかを首にして、新しい女中を雇えと言ってきたので、藤園家もうんざりして伯母を問い詰めたら給金の問題が判明したと、そういうことのようです。今回の件で藤園家も放ってはおけなくなったのでしょう、四谷の屋敷のほうに戻ることになったそうですよ」

「では、新宿のあの家は空き家になるのですか」

「そうでしょうね。いずれ隠居所として使いたいようで、私に依頼がありましたよ」

「依頼？」

「お祓いの」

鈴子の脳裏に這い回る手と半分だけ顔を覗かせた男が浮かぶ。

「……ということは、藤園家でも幽霊の件は承知だったということでございますか」

「そのようですね。これまでもたびたび女中から訴えがあったそうですから。いいかげん、捨て置けぬとなったのでしょう」

「藤園家では、心当たりがあるのでございますか」

「おおありですよ。あの家には以前、子爵の妹が住んでいました。大怪我《けが》を負って、療養のために住んでいた隠れ家だったんですよ」

「大怪我を……？」

「子爵の妹は、さる華族に嫁いでいたのですが、お抱え運転手と心中未遂事件を起こして離縁されました。数年前の事件ですが、覚えはありませんか。鉄道心中です」

「ああ──」

あったように思う。華族の夫人あるいは令嬢と使用人の駆け落ちやら心中未遂やらといった事件はたびたび起こるので、どの家の誰かまでは覚えていないが。

「ふたりして線路に飛び込んで、運転手は死にましたが、夫人は助かりました。あちこちに骨折を負って、たいへんだったようですが」

病院を退院したあとは、実家に戻ることも許されず、あの新宿の家でひっそりと暮らしていたらしい。

「そのかたは、いまどうしてらっしゃるの？」

「亡くなりました。怪我で体が弱っていたのもあるでしょう、流感で」

「そうでございましたか……」

言って、鈴子はつと首をかしげる。

「では、あの家に出る幽霊は……」

出るのは女ではなく、男だ。その夫人ではない。

「夫人もまた幽霊に悩まされていたという話ですよ。男の幽霊……わかりませんか、相手の男です。心中未遂で死んだ運転手ですよ」

鈴子は眉をひそめた。また、畳を這い回る手が頭に浮かぶ。なにかをさがすようにうごめく手。

「男はいまだに夫人のいた家に住み着いている。それを祓ってくれというのですよ」

「そのご依頼、お引き受けになったのですか？」

「ええ」

「なぜ」

「なぜって……」

「松印とも関係ございませんのに」

孝冬は一瞬、沈黙した。視線が揺れる。

「ええ、まあ——しかし、乗りかかった舟と言いますか。かかわり合いになったものを、突っぱねるのもどうかと思いまして。鈴子さんだって、気になるでしょう？」

「それはそうですけれど……どうお祓いをなさるおつもり？」

「お祓いの祝詞くらいあげることはできますが、それよりも、夫人と運転手について調べようかと。調べれば、成仏させるすべが見つかるかもしれませんし。それで無理なら無理と先方には断るつもりですよ」

「そうでございますか」

では、と鈴子は孝冬の目を見すえる。

「その調べは、わたしがいたしましょう」

「鈴子さんが？　いや、でも――」

「あなたはお忙しいでしょう。わたしが動くほうが理に適っております」

「はあ……」

孝冬はあまり納得していない様子である。

「由良をつれてゆきますので、ご心配なさいませんよう」

「タカもつれていってください。御付なんですから」

「では、そのようにいたします」

それで孝冬は折れたようだった。ひとつため息をつき、「藤園家をお訪ねになるんでしょうね？　連絡しておきましょう」と言った。

「よろしくお願いいたします」

「くれぐれも、無茶はしないでくださいね」

「無茶をしたことなどございませんが」

孝冬はすこし考えるふうに黙り、

「……タカに言っておきましょう」

と、よくわからない微笑を浮かべた。


「わたくし、そういったことはよく存じませんのよ」

面会した藤園子爵夫人は、迷惑そうなそぶりを隠しもせずに言った。『そういったこと』というのは、心中未遂事件を起こしたふたりについてである。

「そもそも、嫁ぎ先でのお話でございますし……」

「では、嫁ぎ先にお話をうかがってもよろしゅうございますか」

鈴子が腰をあげかけると、夫人はあわてて、

「それは困るわ。あちらにご迷惑をおかけするようなことになったら、わたくしが怒られてしまいます。延子《のぶこ》さんは離縁されたのですから、あちらとはもう関係がございません」

延子というのが、その心中未遂事件を起こした当人である。嫁ぎ先はやはり公家華族で、不倫のみならず心中未遂とあって、そうとうに立腹しているらしい。夫人の実家は華族ではないものの資産家で、この件に関しては相手先をなだめるためにいくらかの金も動いた

という噂である。蒸し返されてはかなわないということだろう。

「延子さんのことでしたら、家令にお尋ねくださいませ」

夫人は女中に家令を呼ぶよう告げる。この家にも婚家にも泥を塗った義妹について、すこしも口にしたくないというふうだった。

やってきた家令に、夫人は「延子さんのこと、お話ししてちょうだい」と言うと、鈴子に向かっては、「わたくし、これから謡のお稽古で、じきに先生がいらっしゃいますの」と言い、席を立った。

家令は夫人が部屋から出ていくのを見送り、鈴子に向き直る。

「先日は、失礼いたしました」

汗をふきふき、頭をさげる。青竹のことである。

「いえ」と鈴子は短く答える。

「ご迷惑をおかけしましたうえに、勝手を申しますが、なにとぞご内聞に……」

「わかっております」

「あのかたはどうも昔から、お戯れが過ぎまして……その、女官の話と申しますのも、さしたる深いお考えはなく――」

「今日は延子様と運転手の件でおうかがいしたのです」

だらだらとつづく中身のない言い訳を遮り、鈴子は本題に戻した。

「あの家をお祓いしてほしいとお望みなのは、そちら様でございましょう」

「はい、さようでございます。まったくもって、そのとおりで」

「あの家で暮らしてらした延子様も、幽霊に悩まされていたと聞いたのですが」

「はい、そのように聞いております。……延子様は、おかわいそうに、顔や手足に大怪我をなされて、あの家で療養なさっておいででした。ほとんど寝たきりのような状態でございまして……できればこちらのお屋敷で手厚くお世話できたらよろしかったのですが、ただの事故ではなし、世間の目も厳しいのだから温情はかけられぬと御前様が……」

初老の家令は申し訳なさそうに語る。

「お世話は女中が？」

「さようでございます。昔からの御付の者がおりまして、お嫁入りのさいにもその女中が一緒に婚家へ参りました。あの事故後も、かいがいしくお世話申しあげて……忠義者でございます。ただ――」

「ただ？」

「あの家に山辺《やまべ》がいる、と言い出しまして」

「山辺？」

「運転手でございます。延子様をたぶらかして、心中などしようとした」

家令は悔しげに唇を曲げた。実際にどうなのかは知らないが、彼からするとその運転手が大事なお嬢様を『たぶらかした』ということになるのだろう。

「寝ていた延子様が悲鳴をあげたので飛んでゆくと、縁側の端から山辺が覗いていたというんです」

「縁側の端から……」

鈴子が見たのとおなじものだろうか。

「その女中も見たのですね？」

「さようでございます。顔を見たので、山辺だとわかったのでございます。それから……」

家令は青ざめた顔で、ごくりと喉を鳴らした。

「それから、手が、這うのだと」

畳の上を、ちぎれた手が這い回る。その手は延子をさがしている。

「……山辺は、列車にはねられたとき、右手の手首からさきがちぎれてしまったんだそうです。その手が座敷を這い回り、自身は縁側から這い上がろうとするのだと」

この屋敷ならまだしも、逃げ場もない小さな家である。

「延子様はすっかり参ってしまわれて……当然でございましょう。ヨシは——その女中でございますが、手が現れるたび箒で掃いて追い払っていたそうです。いつも、それで消えてしまったそうです。障子は閉めて、縁側が見えないようにして。それでも、ちょっと目を離した隙に手は現れて、延子様はおびえてのくり返しで……ふた月ほどでお亡くなりに」

家令は肩を落としてうなだれる。

「せめて生まれ育ったこのお屋敷で最期をお過ごしになられていたら、すこしはお心が慰められたやもしれませんのに、それも叶わず。おかわいそうに」

家令は延子にひどく同情的だ。鈴子は皺の刻まれたその顔を眺める。

「延子様は、望まぬご結婚をなさったのかしら」

つぶやくように言うと、家令は小さな目をしばたたいて顔をあげる。

「いえ、望むも望まぬも……とくにご不満をおっしゃってはおられませんでしたので」

だが、不満だったから運転手との不倫に陥《おちい》ったのではないのだろうか。鈴子の疑問を感じとったように、家令はまた顔を伏せた。

「藤園家は、天正より前からの旧家《きゅうけ》でございます。摂家《せっけ》、清華家《せいがけ》には並ぶべくもございませんが、並の公家ではございません。本来であれば伯爵であってしかるべき家格でございますれば――」

天正年間は織田信長やら豊臣秀吉やらの時代である。正親町《おおぎまち》天皇、後陽成《ごようぜい》天皇の御代でもあった。その時代より前から存在する公家を旧家、それよりあとに旧家からわかれてできた公家を新家《しんけ》と呼ぶ。公家の家格をわける基準のひとつである。

摂家、清華家および大臣家《だいじんけ》は名門。それぞれ、摂家が摂政・関白まで昇進できる家柄、清華家が太政大臣まで、大臣家は内大臣まで。「五摂家、九清華、三大臣家」と呼ばれるこの十七家が名門公家で、それ以外は平堂上家《ひらとうしょうけ》という。これもまた公家の区分のひとつだ。このなかでも「旧家」と「新家」の違いがあるというわけである。

平堂上家はさらに羽林家《うりんけ》、名家《めいか》、半家《はんけ》にわかれる。藤園家は羽林家である。そして旧家ということだ。

羽林家は、とくべつな勲功がある場合を除いて、伯爵か子爵となっている。子爵のほうが多い。伯爵になるか子爵になるかの違いは、大納言にまで昇進した者が多いかどうかによる。藤園家は惜しくも伯爵にとどかなかったようだ。

公家の家格というのは、かくもややこしい。

「藤園家の家格からして、当人の自由で結婚するなどということはどだい無理だったということでございますね」

鈴子は家令がとうとうと述べる藤園家の名誉ある歴史についての講釈を遮り、簡潔に言った。

ひとつ咳払いをして、家令は「はい、さようでございます」と重々しくうなずく。

「ですので、そんなことは幼少のころより延子様もごく自然とご理解なさっておられました。縁談が決まったさいも、お相手は清華家の血筋の御方でございましたから、それはもう喜んでおいでで――」

「延子様がでございますか」

「あ……いえ、先代とその奥方様で……もうおふたかたとも、お亡くなりになってらっしゃいますが」

「そうですか。それでお輿《こし》入れなさって、その後、お抱えの運転手と懇意になられたのですか」

「はあ……山辺はあちらのお家の運転手でございました。そのあたりの事情は、わたくしも詳しくは存じません。ともかくも、ふたりの親密であることが露見いたしまして、山辺は首になりました。そのときは離縁という話はなかったのですが、心中未遂の一件で……」

どうしてあんな真似を、と家令はひとりごちて、沈んだ顔をする。

「山辺という男は、近在の農家の次男坊だったそうで、まったくもって身の程知らずでございます。延子様は、世が世であれば、ひと目見ることさえ叶わぬ公家のお姫様でございますよ。それをたぶらかしたあげく、死んでもつきまとい、とり殺してしまうとは」

——心中しようとしたからには、延子様も相手の男を好いていたのだろうけれど……。

この家令の前で口にはできない。それに、と思う。

——そんな相手なのに、幽霊になって出てきたら、おびえていたのね。

生きているときと、幽霊とはべつだということだろうか。

「……ヨシさんといったかしら、延子様のお世話をなさっていた御付女中は、まだこちらにお勤めかしら」

考えを巡らし、そう尋ねると、

「ええ、おりますよ」と返ってくる。

「では、そのかたにお話をうかがえますか。幽霊がその山辺という男なのでしたら、その者について知らねばなりませんから。雇い主は延子様の婚家ですから、そちらでお尋ねしたほうがいいのですけれど、婚家のほうには行ってくれるなと奥様がお望みでございますので」

「承知いたしました」

しばらくしてやってきたのは、頬の痩せた、疲れた顔をした五十がらみの女だった。

「山辺という運転手のことを、教えてほしいのだけれど」

ヨシは力なくうなずいた。「どういったことでございましょうか」

「そうね、下の名前と、歳はご存じ？」

「名前は増えるに吉と書いて増吉《ますきち》、歳は……当時三十五、六だったかと思いますが、はっきりとは存じません」

「婚家の運転手だったということだけれど」

「さようでございます」

「お尋ねしてもいいものかしら。どういったいきさつで、延子様と親密になられたのか」

ヨシの顔が曇る。やはり詳《つまび》らかに語りたくはないことだろうか。

しかし、そうではなかった。

「親密になどなってはおられません」

「え？」

意味がとれず訊き返すと、

「延子様は、山辺とはなんの関係もございませんでした」

ヨシは震える声で言い切った。

「それは――」

鈴子は眉をひそめた。「どういうことかしら」

「御前様には、何度も申しあげました。あちらの旦那様にも。延子様は山辺といくらか言葉を交わすくらいのもので、道を踏み外すような真似はいっさいなさっておりません」

「……つまり、清い関係だったと……？」

ヨシは激しくかぶりをふる。

「ですから、関係もなにも、まったくかかわりがないのです。延子様は山辺をなんとも思っておりませんでした。ただの運転手として接していただけでございます」

鈴子は、さっと血の気が引くのを感じた。ヨシは、重大なことを言っている。すべてを根底から覆《くつがえ》す事実を。

「……不貞もなにもなかったと、誤解だったということ？」

ヨシはうなずいた。

「まったくの誤解でございます。延子様のほうにそんなお気持ちはいっさいございませんでした」

「『延子様のほうに』――というと」

「山辺の一方的な思慕でございました」

ヨシはがっくりとうなだれる。

「山辺が延子様によこしまな思いを抱いていることは、はたから見ても明らかでした。車に乗り込むときや、降りるときにはやたらべたべたと延子様に触れて、にやにやとして、あの目つきといったら……。車に乗っているときにも、わたくしがお供をしているときには天候ですとか世間話をしてくるくらいですが、それでもやたらに浮ついた、熱っぽい口調で延子様に話しかけるのです。延子様がおひとりでご乗車のときには、かまわずお慕いしているだのなんだのと口説いていたそうで、のぼせあがっていたのでしょうね、まったく恥知らずなことを。延子様もやんわりと拒絶なさるのですけれど、山辺には通じなかったようで……。ですから、あるときわたくしのほうから、山辺をきつく咎めました。そのときは恐縮して、申し訳ないと言ったのに、あの男は——」

かえって思い詰めたものか、延子の部屋へ忍び込もうとしたという。それが家従に見つかり、騒ぎになった。山辺は主人に延子への思いを告白し、当然ながら首になった。

「それで終わったと思ったのです」とヨシは語る。

だが、主人は山辺と延子の関係を疑った。山辺だけが勝手に恋い慕っていたのではなく、延子もそれに応えていたのではないのか。主人のみならず、使用人たちもそう疑っていたという。屋敷のなかは針のむしろのようで、延子は元気を失っていった。

「……どうして延子様が、あの雨の夜、山辺の呼び出しに応じてしまったのか、いまでも悔やまれてなりません」

山辺は懇意だった使用人に頼み込み、ひそかに延子へ手紙を届けてもらった。それには屋敷の外に出てきてほしい、会ってほしい、と書かれていたそうだ。

「延子様は、同情なさったのでございます。山辺は首になった理由が理由でございますから、紹介状ももちろんございませんし、どこでも雇ってくれるところがございません。木賃宿をすみかにその日その日をなんとか食いつなぐといった有様だったようで……そのうえ、まだ一途に延子様を慕っている様子……延子様もあわれと思し召して、いくらか用立ててやろうとお考えになったそうでございます」

それが間違いでございました、とヨシは声を震わせる。

「山辺は延子様を拐《かどわ》かしたのです。無理やり俥《くるま》に乗せて連れ去り、延子様は恐ろしさに朦朧《もうろう》となさって、気づいたらあたりは闇のなか、雨も降ってどこだかわかりもしないまま、山辺に手をつかまれて、線路のかたわらに引っ張って連れて行かれたというのでございます」

——一緒に死んでくれ。

山辺はそう言ったという。迫り来る列車に延子は足がすくんだ。手は山辺につかまれて

いる。その目の恐ろしさに、延子は無我夢中で逃げようともがき、手はふり払えなかった
ものの、からくも轢死をまぬかれた。

　延子はどうやらその跳ね飛ばされた山辺の体がぶつかり、即死であったらしい。

　に倒れた延子は半死半生の体だったが、その手をいまだ山辺の手がしっかと握りしめてい
て、それは病院に運び込まれてようやくはがされたという。食い込んだ爪の痕が延子の白
い手にはずっと残り、それが折々痛むと延子は訴えた。

　「延子様は殺されかけたのでございます……新聞には妖婦だの姦婦だのと書き立てられて、世間からはうし
ろ指をさされ、旦那様には信じてもらえず、実家の方々にもひどい言葉で責められて……
あの延子様の伯母様がなんとおっしゃったか、ご存じですか。家名に泥を塗った恥知らず
だと罵ったのですよ。大怪我を負って、起きあがることもできずにいた延子様の枕元で。
わたくしは誤解だと何度も申しあげました。延子様は殺されかけたのだと訴えました。延
子様はまったくの被害者なのでございます。ですから、ひとりあんなさびしい家に捨て置
くのではなく、このお屋敷で養生させてくれと頼みました。とんでもない、と却下されま
した。たとえ延子様に非がなかろうと、それを証明する手立てなどない。そんなことを言
い立てたら、死んだ男に罪をなすりつける卑怯者とのそしりを世間から受けるに決まって

いる、と……。世間の手前、実家に迎え入れるわけにはいかぬと、御前様はおっしゃって
――」

ヨシは顔を覆って泣き伏した。脂気のない丸髷からほつれた髪が揺れている。鈴子はかける言葉もなく、ただその髪を見つめていた。

――一度世間から白眼視されたら、日陰者として生きねばならない。華族であればなおのこと。

せめて山辺が生きていたら、戦うすべはあったかもしれない。一方的に思いを寄せられ、拐かされ、殺されかけたのだと訴えることができた。だが、死者を相手に戦うことはできない。ただいたずらに家名を貶めるだけだということだろう。

――延子の感じた絶望は、どれほどだったか。

「あの家に移られてからも、延子様のお心が休まるときなどございませんでした。山辺が現れるのですから。死んでからもあの男は、延子様にまとわりついていたのでございます。死んでも、体からちぎれても放さなかったあの手が、延子様をさがしてさまよい、当人は縁側から延子様の寝所に忍び込もうとするのです。浅ましい……おぞましい男です。あんな男に好かれてしまったのが悪いのでございましょうか。運が悪いではすまされない、でも、そうとしか言いようのない……おかわいそうな延子様……」

ヨシのすすり泣きが部屋に響く。

「どうせなら……どうせなら延子様が怨霊となって、いっそのこと、このお家に祟ってくだされぱいいのに」

低くうめくようにつぶやいてから、ヨシははっと顔をあげ、口を押さえる。「いえ、わたくし——」

「聞かなかったことにいたします」

鈴子は言った。

「怨霊となっては、それこそ死後も安らげぬというもの。延子様は、ようやく安らぎを得ておいでなのでしょう」

ヨシはふたたび泣き伏した。こんな空虚な言葉、なんの慰めにもなりはしない。死が安らぎになる人生など、あまりにも——。鈴子は唇を噛んだ。

ヨシの涙が引くのを待って、鈴子は辞去する旨を告げる。タカと由良を伴い玄関を出て、屋敷をふり返った。藤園邸は和洋折衷の屋敷で、来客を迎える部屋は洋間になっているが、外観は日本家屋だ。瓦屋根が曇天に黒ずんで見える。その屋根の上には暗い鈍色の雲が低く垂れ込め、いまにも屋敷に覆い被さってしまいそうだった。

車に乗り込んだ鈴子は、運転席に向かって声をかけた。

「宇佐見、あなた、ほかのお屋敷の運転手に知り合いはいて？」

宇佐見はけげんそうにふり返る。「いえ、おりませんが……。私どもは横のつながりというのがありませんので。ひとにもよるでしょうが」

「そう……」鈴子はしばし考え、「では、いまから言うお屋敷に向かってくれるかしら」と、千駄ヶ谷《せんだがや》にあるとある屋敷を告げた。延子の嫁ぎ先であった。

「正面にはとめないで。裏口のほうがいいわ。それで、こう告げてちょうだい。『自動車が故障したみたいで動かないから、こちらの運転手にちょっと見てほしい』と」

宇佐見は興味を覚えたようにちょっと笑った。

「ははあ、運転手を呼んでくればよろしいんですね？　運転手であれば誰でもいいんですか？」

すんなりと意図を理解してくれて助かる。花菱家に勤める使用人は皆優秀である。

「ええ、誰でもいいわ。何人いるのかも知らないものだから」

婚家には行ってくれるなと藤園子爵夫人から言われている。だから正面から訪ねるわけにはいかない。しかし、山辺について訊いておかなくてはならない。ヨシの話を聞いた以上は。訊くなら同僚の運転手がいいだろう。

——山辺を知る運転手がいればいいのだけど。

「奥様」タカが眉根をよせて口を挟む。「そのような手管を弄して……奥様がなさるようなことではございませんでしょう」

「わたしがやると決めたのだから、どんな方法であれ、わたしがやるだけのことよ」

タカは目をみはり、

「まあ、以前にも増して奥様は、風のように自由におなりですこと……」

と、あきれたような、感心したような声を出した。

宇佐見は鈴子の言ったとおり、千駄ヶ谷の屋敷の裏側に車をとめた。高い塀の向こうに洋館がのぞいている。裏門から敷地に入っていった宇佐見は、しばらくしてひとりの中年男性を伴って出てきた。四十代くらいだろうか。背広姿の小柄な男性だ。

「俺に直せるかどうか、わかんないよ——」といった声が近づいてくる。鈴子は窓を開けた。宇佐見が男性になにか言い、鈴子のほうを手で示す。男性は鈴子のほうを見て、きょとんとしていた。目が小さくつぶらで、どことなく剽軽《ひょうきん》そうな雰囲気がある。

鈴子は会釈をする。男性もつられたようにひょこっと頭をさげた。

「藤園家の使いで参りました。藤園子爵夫人はこちら様にご迷惑をおかけしたくないとおっしゃるものですから、内密に」

藤園家からお祓いの依頼を受けているのだから、『藤園家の使い』というのはあながち偽りではなかろう、と鈴子は思い、そう告げた。

男性は「へっ？」と間の抜けた声をあげたあと、「ふじその……ああ、藤園って、あの――」ともごもご言い、周囲をきょろきょろ見まわした。

「使いって、いったい、なんです？　車の調子が悪いってのは――」

「あなたにここまで来ていただくための方便でございます」

「ふへ……」と男性はよくわからない声を出して、まじまじと鈴子を眺めた。「あんた、上品な顔してずいぶん平然と嘘をつくんだねえ」

なれなれしい言いようにタカが目を吊り上げたが、鈴子はちらと視線を向けてなだめる。

「あまり長々とお話しする時間はございませんから、単刀直入にお尋ねします。山辺増吉が一方的に奥様を慕っていたことをご存じ？」

男性はぎょっと目を剝いて、また周囲をきょろきょろ見まわした。屋敷の者に見られていないか、気が気でないのだろう。だが、その反応でわかった。

「ご存じなのね。うなずいていただけたら、それで結構です」

男性は青い顔で、浅く、しかし何度もうなずいた。

――やはり、山辺の一方的な思いだったのだ。

「どこでそれ聞いたんです？　知ってるやつなんて、ほとんどいないのに」

窓に手を置き、身を乗り出して、男性は声をひそめた。煙草のにおいがした。

「とある筋から……。では、心中でないこともあなたはご存じなのですか」

男性は困ったように視線をさまよわせた。

「そりゃあ、ねえ……いや、見たり聞いたりしたわけじゃあないけどさ、想像だよ、想像。でも、奥様は山辺にしつこく言い寄られて、迷惑してなすったから。心中はしやしないでしょうよ。いや、俺もね、そんなふうに訊かれたら言うけどさ、誰も俺になんて訊きゃしないし、旦那様はお怒りだし、世間じゃ心中だ姦婦だ、けしからんってなってるから、まあねえ」

言い訳するように言い、媚びた笑いを浮かべる。

「奥様はおとなしいかたで、迷惑っていうのもあからさまに態度に出さないようなかたでしたよ。だから、通じなかったんでしょうね。おやさしいというか、気が弱いというか、とにかく強い口調だとか態度で拒むってことがなかったもんだから。もとは公家のお姫さんでしょ、だからですかね。はたから見てたらわかるんですけどねえ、迷惑してるなあってのは。でも、山辺には通じないですよ。あいつはねえ、鈍いというか、なんというか……そういや山辺は妙な宗教みたいなもんにも凝ってましたけど、あれ、奥様にもすすめてたんじゃないかなあ。そっちも迷惑してたんじゃないですか」

「宗教みたいなもの？」

「宗教だと思ったけど、違ったかなあ。俺は真面目に聞いちゃいなかったんで、どんなもんかも覚えてませんよ。興味ないって言っても、山辺は聞かねえんですよ、そういうやつでしたよ。いや、悪いやつじゃあないんですよ、むしろいいやつで。俺と違って真面目も真面目、朝早くから車を隅々まで拭いて、あいつのおかげでいつもピカピカでしたからね。寝坊したことも、怠けたこともなくってね。でも、まわりが見えなくなるって言うのかなあ、自分がこうと思ったら、思い込むんですよ。連絡事項の勘違いとか、多かったですよ、実際。思い込んじまって、修正がきかないってんですかね、不器用っちゃ不器用なやつだったんでしょうけど――」

べらべらとよくしゃべるのは、うしろめたいからだろうか。延子が山辺と不貞を働いていたわけでも、心中したわけでもないことを黙っている罪悪感。主人が激怒して離縁となった以上、いま告白しても怒りを買うだけだろう。雇われ人として黙っているのを選ぶのは無理もないことだ。鈴子は責めているわけでもないのに、運転手の男性はひたすら言い訳のようにおしゃべりをつづけていた。そのさまは、どこかものがなしく映った。

「――よくわかりました。どうもありがとう。もうお戻りくださって結構でございます」

鈴子は礼を言って、窓を閉める。男性は一歩さがり、最初のときのようにひょこっと頭をさげた。宇佐見が運転席に戻り、車は発進する。戻っていいと言ったのに、男性はぼんやりと突っ立って、車を見送っていた。

麴町の花菱邸に帰ると、御子柴が「お留守のあいだに来客がございました」と告げた。

「どなた？」

約束はなかったはずだが、と問えば、

「鴻様のお使いのかたでございます」

「おおとり……ああ」

鴻心霊学会、という言葉が浮かんだ。先般、幽霊の出る多幡子爵邸を買い取ろうとしていた御仁だ。結局、買い取ったのかどうかは知らない。

「お使いとは、どのような」

「多幡子爵邸のお祓いをしてくださったお礼にと、贈り物を預かっております」

「贈り物……？　なにかしら」

「なかは検《あらた》めておりません。確認いたしましょうか」

「そうね。お願いするわ」

お礼と言うからには、子爵邸を無事買い取ったのだろう。謝礼は多幡家から出されているので、鴻が礼をする必要はないのだが。

私室に戻った鈴子のもとに、御子柴が箱をふたつ抱えてやってきた。大きな箱ではない。

「ひとつは旦那様へのネクタイ、もうひとつは奥様への手袋でございました」

と、御子柴は箱をテーブルの上に置く。片方の箱を開けると藍鼠の絹のネクタイが、もう片方には、白い紗の手袋が入っていた。手袋は手首から甲にかけて、薔薇のレースがあしらってある。鈴子は黙ってその贈り物を見つめた。

――鴻氏とは、何者かしら。

鴻心霊学会の会長であり、実業家であるというのは知っている。しかし会ったことはない。どういった風体の人物かも知らない。孝冬にしても、面識はないようだった。

だが、この贈り物はどちらも、孝冬と鈴子当人を見知った者が選んでいる。孝冬の服飾の好み、鈴子が手袋をつねに着用していること、そうしたことを知っていなくては選べないものだろう。多幡清充の顔が脳裏をよぎる。だが、おそらく彼が選んだわけではない。清充は洒落っ気があるとは言いがたく、この贈り物のような洗練された品は選べない。

――それに……。

手袋にあしらわれたレースの飾り。薄い紗では鈴子の手の甲にある傷痕を隠せないが、このレースがあることで、ちゃんと隠せるようになっている。

傷痕のある左手だけにある飾りならともかく、左右、両方の手袋についているのだから。

――たまたまかしら。

それでも、なんとはなしに薄気味悪いものを感じて、鈴子は手袋を箱にしまった。

「そのご婦人は恨んで出るでもなく、運転手の男だけいまも現れるというのは、なんとも皮肉ですね」

翌日の昼下がり、車中で孝冬は言った。窓を打つ雨の音まで陰鬱な、薄暗い午後だった。

「延子様は亡くなったのに、それでもあの家から離れられないのでございましょうか」

「もはや妄執だけが残っているのかもしれませんね」

ふたりは新宿の家に向かっている。「雨ですから」と孝冬はひとりで向かうつもりだったようだが、鈴子は承知しなかった。「この時季、雨だからと言っていてはどこにも出かけられません」と言ったら、孝冬は言葉に窮して折れた。

「……家名とは、それほどまでに重いものでございましょうか」

ぽつりと洩らしたつぶやきに、孝冬は顔を向ける。「え？　なんです？」

「藤園家の家名を守るために、延子様は切り捨てられたのです。家名とは、ひとの尊厳よりも、命よりも、重いものでしょうか」

「重くはありませんよ」あっさりと孝冬は言った。「重いと思うことで、己の利益を守ることを正当化しているんですね。おおよそ家名だの体面だのと言うひとは、家よりも自分が大事なんですよ」

「自分が大事……そうでございますね」

そう言われたほうがまだすっきりする。己が大事なのはしかたないが、家名を盾にするのは卑怯だ。

「もちろん、本気で己より家名が大事というひともいるでしょうけれどね。今回の場合は、そんなふうではないでしょう。まあ、藤園子爵のとった処置は、華族としてわからなくはないですが――まず、子爵も言ったように証明する手立てがない、これはそうでしょう。仮に証明できるだけの証があったとしても、それを世間が信じるかどうかはまたべつです。相手が死んでいるのをいいことに、すべての責任を押しつけようとしている、と思う者は多いでしょうね。事実がどうであれ、華族対平民の場合、どうしたって華族は悪者になりますよ。世間が欲しいのは事実じゃありませんから。どうあがいたところで、悪評は消えないわけです。それなら下手に騒ぎ立てず、嵐が過ぎるのを待ったほうがいい。妥当な処置だと思いますね」

孝冬は淡々と、理に適った話をする。

「それはそうでしょうけれど……それではあまりにも、延子様がお気の毒でございます」

「延子さんの名誉を回復するすべがあるとすれば、じゅうぶんほとぼりが冷めたころに『実はこうだった』と公表することでしょうか。事実を記録として残しておくことです。そうすれば、後世には汚名を雪《すす》ぐことができるかもしれません。長い目で見ることですね」

「長い目で……」

鈴子は嘆息する。降り籠める雨の音が、胸の奥底まで重く響いてくるようだった。

「いずれにしろ、それは藤園家の問題ですから、私たちは私たちにできることをしましょうか」

孝冬の口ぶりはさっぱりしている。鈴子はまだそんなふうにうまく割り切れないが、それでも彼の冷静さに、いくらか延子のことを自分の心から切り離すことができた。

――わたしたちにできること……。

雨のなかに一軒家が見えている。家は暗い鈍色の景色のなかに紛れて、かすんでいた。

車は竹垣の前にとまり、傘を手にさきに降りた孝冬が鈴子の側の扉を開ける。雨の音とにおいが押し寄せる。

「足もとにお気をつけて」

「ええ」

爪皮《つまかわ》をつけた高足駄で泥を踏む。顔をあげると、薄暗い玄関がある。縁側の雨戸は開け放たれていた。藤園家に頼んで、開けておいてもらったのだ。

玄関に入ると、雨音は遠くなり、静けさと冷ややかさに包まれる。青竹がここを離れてまだ数日だろうに、家のなかはまるで何年もひとが住んでいないかのようなうらさびしさがあった。

「手が出るというのは、どこの座敷ですか？」

「こちらでございます」

鈴子はさきに立って孝冬を案内する。膜一枚を隔てたような雨音が聞こえるなか、きしむ廊下を進む。座敷は暗い。部屋の隅には暗闇がわだかまっている。障子を開け放っても、雨とあって暗さは変わらない。軒先から落ちる雨垂れが不規則な音を立てて沓脱《くつぬ》ぎ石にあたる。闇ににおいがあるなら、いまそれがじわりと雨のなかから漂っている。鈴子は無意識のうちにあとずさっていた。ぎくりと足をとめる。視界の隅に白いものがよぎった。そちらに目を向ければ、手が這っている。

「なるほど。手ですね」

なんの感情も感じられない声で孝冬が言った。

その手は前に見たときと変わらず、なにかをさがしてさまよっている。延子はもういないのに。指の動きには人間らしさを感じない。かさかさ……かさかさ……と、蜘蛛のごとく這い回っている。それでいてさがすそぶりの執拗さには、人間のいやらしさがある。

「ヨシという女中は、あれが出るたび箒で掃き出していたのでしたか。まさに、そうするのがふさわしいような、気味の悪い情欲に満ちた代物ですね」

孝冬が言う。そうはっきりと言葉にすると、鈴子にもようやく気味悪さの正体がわかる。

「私にはふたりの関係が真実どんなものだったか、知りようがないのですが……男の執着が尋常でなかったことは、あれを見ればわかります」

孝冬の声が遠い。鈴子の目は、縁側に吸い寄せられていた。男の顔が覗いている。片方の手が縁側のへりにかかり、這い上がろうともぞもぞ動いている。男の目はうつろで、瞳がときおり右に、左に、そして上下に動く。瞼が痙攣している。ふう、ふう、という息づかいが、妙に間近に聞こえた。

「この部屋に、延子さんの物がなにか残っているのかな……」

孝冬がつぶやき、周囲を見まわす。床の間のほうへ歩み寄り、掛け軸の裏を覗いたり、天袋の戸を開けたりする。そのあいだも鈴子は縁側の男から目を離せなかった。目を離した途端、縁側から這い上がり、座敷を這って迫ってきそうに思えたからだ。しかし、なぜこんな近くで息づかいが聞こえるのだろう。それに、腥《なまぐさ》い、血のようなにおいが――。

縁側に気をとられたばかりに、鈴子は手のほうを見失っていた。突然、足首をなにかにつかまれる。なにかなど、わかりきったこと。手だ。ちぎれた手首から血をあふれさせた手が、男の骨張った手が、鈴子の足首をつかんでいる。節くれ立った指がきつく足首に食い込む。痛いかどうかもわからない、ただ感じるのは鳥肌が立つおぞましさ。血腥さが鼻をつき、むせそうになる。

「鈴子さん！」

ふいに血腥いにおいが一掃されて、嗅ぎ慣れたにおいに包まれる。清々しくものがなしい、凛とした香り。

足首をつかんでいた力が消える。膝からくずおれそうになった体を、力強い腕が抱き留めた。孝冬だ。目の前を、あでやかな十二単の衣がよぎる。長くつややかな髪が揺れる。

――淡路の君。

血の気が引いた。淡路の君は美しい髪を揺らして、するりと縁側のほうに向かう。うしろ姿なのに、彼女が愉悦の笑みを浮かべているのがわかる。袖が翻《ひるがえ》る。淡路の君は、わずかに身をかがめただけだった。それだけで、すでに縁側にいた男の姿が消えている。

――食ってしまったのだ。

鈴子の体から力が抜ける。孝冬の腕に身を預けたまま、畳に膝をついた。

「鈴子さん……すみません」

ささやくようなかすれ声で孝冬は言う。なにに対して謝っているのか。淡路の君にあの亡霊を食わせたことか。

淡路の君の姿は薄れ、煙と化す。ゆっくりと煙はたなびき、鈴子たちのほうへと戻ってきた。煙はふたりを取り巻き、消えてゆく。香りだけが、いつまでも強く残っていた。

「……なにを謝ってらっしゃるの？」

鈴子の問いに、孝冬の腕がびくりと震えた。鈴子は顔をあげる。孝冬は青白い顔をしていた。深い翳を宿す瞳をじっと見つめる。孝冬は瞳を揺らして、顔を背けた。そこには苦悩の色が見てとれる。いつかの夜に見たのとおなじ。

――出会った当初は、なにを考えているかわからないひとだと思っていたけれど……。

いまはむしろ、わかりやすいとすら思う。いや、さすがに考えている中身まではわからないが、隠し事をしていそうなときや、うしろめたいときなど、それが顔に出ている。

「あなたが自分からお話しになりたいときまで、知らぬふりをしているつもりでございましたが――」

鈴子は孝冬の顔を覗き込んだ。

「お苦しそうなご様子を、いつまでも放っておくわけにもまいりません。なにをお悩みでございますか」

「いえ、そんなことは」

孝冬は笑みを浮かべかけたが、

「わたしに誤魔化しがきくとお思いですか」

と言うと、固まった。

「いや……その……」

「淡路の君の件でございますね」

言い切ると、孝冬の顔がこわばる。正解らしい。

——そのことで孝冬さんが謝らなくてはならないことというと……。

いま、淡路の君に亡霊を食わせてしまったこと？　しかし、孝冬がここを訪れた時点で、その可能性があるのは鈴子だってわかっていた。淡路の君の好みに合えば、亡霊は食われてしまう。だから仕方がない——。

いや、孝冬は彼女の好みがわかると言っていたか。ならば、ここを訪れたのは。最初、ひとりで来ようとしていたのは。

「はじめから、ここの亡霊を食わせるおつもりだったのですか。わたしには知らせずに――」

孝冬は目を閉じ、うなだれた。観念した顔だった。

「あなたの千里眼ぶりには、敵いませんね」

「ご冗談をおっしゃっている場合ではございません。すべてお話しくださいませ」

それでも孝冬は気が進まぬ様子で、「はあ……」と口ごもっている。

「わたしにいちいち指摘されたいのでございますか。――今回がはじめてではないのでございましょうね」

うう、と孝冬は呻《うめ》いて青ざめた。まるで浮気を追及されている夫のようである。

「わたしの知らぬ間に、淡路の君に亡霊を食わせていたと……それは、わたしがそのことを厭《いと》うからでございますか」

鈴子は、淡路の君に亡霊が食われるのを見るのは忍びない。行き場のない哀れな幽霊が、なすすべもなく食われてしまうのは。

だからだろうか。

孝冬は片手を額にあてて、弱り切ったような顔をしている。

「……淡路の君に亡霊を与えねば、あなたが死ぬかもしれない……」

かすれた声で孝冬はつぶやいた。

「そんなことは、耐えられない」

鈴子は孝冬の横顔を見つめた。苦悩の翳が濃い。孝冬は鈴子に従うと言った。淡路の君を祓う道を選んだ鈴子に。だが、祓うすべはあるのか、あったとしても、それを見つけるのにどれだけ時間がかかるのか。それを思えば、祟りを恐れて当然だろう。鈴子との約束と、現実の問題のあいだで、孝冬は苦悩していたのだ。ひとりで。

「孝冬さん」

鈴子は孝冬の肩に手を置いた。

「わたしの考えが足りませんでした。祓うのは一朝一夕には参りません。祟りがほんとうにあるのかどうか、調べるにも時間がかかります。そのあいだも淡路の君は亡霊を欲する……。あなたの行動は責められるものではございません」

むしろ、と鈴子は視線を落とす。

「わたしのせいで、あなたひとりにおつらい役目を負わせてしまいました。申し訳ございません」

「鈴子さん」

孝冬は目をみはっている。

「あなたが謝ることではありませんよ。私がひとりで勝手に考えて、やったことなんですから——」

「そこでございます」

鈴子は孝冬を見あげた。

「え？」

「このような大事なことを、おひとりでお決めにならないでください。相談していただかなくては困ります」

「相談もしかねるほど、わたしは信用がございませんか」

「いや、しかし……」

「いや、そんなことは」

「でしたら、つぎからはなにかございましたら、きちんと相談してくださいませ。ふたりで話し合って決めましょう」

「……それで私のことを嫌いになったりしませんか」

「相談されないならまだしも、相談されてなぜ嫌うのですか。嫌いません」

「そうですか……」

孝冬は明らかにほっとしている。鈴子はその顔をじっと眺めた。

「ご存じかどうかわかりませんが、わたしはあなたを信用しております。だからわたしのことも信用しろとの理屈は成立しませんので申しませんが、せめて覚えておいていただきたいわ」

出会った当初は、信用などかけらも抱いていなかった。だが、彼が真摯な気持ちで接してくれているのがわかったから、鈴子も胸襟を開いたのだ。

「あなたがわたしのためを思って、秘密裏に行動なさったのはわかります。それをいらぬ世話とは申しません。けれど……」

鈴子は胸中を表す言葉に迷う。

「けれど……すこし、さびしく思います」

孝冬が目を見開く。まじまじと鈴子を見つめている。

「鈴子さん――」

「淡路の君に亡霊を与えねばならぬときには、わたしもあなたに同行いたします。あなたひとりにいやな役目を押しつけるのは、わたしの本意ではございませんから」

食われるのを見るのがいやだからといって、孝冬に押しつけたくはない。彼だって、あんなものを見たくはないのだから。

孝冬は言葉もなく、ただ鈴子を見つめつづけている。あまりにも凝視されるので、鈴子は胸がむずむずとするような妙な心地になり、視線をそらした。

「このお話はこれでおしまいです。ご意見がございましたら、あとは帰ってから話し合いましょう。――気がかりなことを片づけなくては」

「気がかりなこと？」

鈴子は畳に手をつき、縁側のほうに体を向けた。室内を見まわす。

「ひとつ気づいたのですが、山辺は、体は縁側から這い上がろうとして、手は畳の上を這っておりました。どちらも『下』なのでございます」

下、と言ったところで、鈴子は畳を指さした。

「山辺の求めるものがあるとしたら、それは畳より上にはないのではないかと思うのです」

「ああ……なるほど」と、孝冬も畳を見おろす。「私は天袋やら掛け軸やら、彼の視線より上ばかりさがしてましたね」

畳、畳か、と孝冬はつぶやいて、

「畳の下、でしょうか」

「わたしもそう思います」

床下まではいかない。なぜなら、山辺は這い上がろうとしていたからだ。

　孝冬は畳をぐるりと眺めてから、縁側に最も近い、陽当たりのよさそうな場所の畳のそばに膝をついた。隙間に指を入れて、片側を持ちあげる。青竹がきれい好きとあって畳はよく掃き清められていたが、隙間に入り込んでいた塵芥《じんかい》がぱらぱらと落ちた。床板が露《あら》わになる。あ、と鈴子と孝冬の声が重なった。奉書紙《ほうしょし》の包みと、その下に一枚の紙がある。

「これは――」

　鈴子がそれらを手にとり、孝冬は畳をもとに戻した。下になっていたほうの紙を見て、ふたりはどちらも眉をひそめた。錦絵版画だ。見覚えのある絵だった。

「サンコ様」

　描かれているのは、三面六臂《さんめんろっぴ》の神像だった。女神と鳥と狐の顔を持つ神。三狐神というのだったか。以前、葉山での新婚旅行中に出くわした、笹尾《ささお》子爵邸に出る幽霊となった子爵夫人、彼女が信仰していた宗教『燈火教《とうかきょう》』の神様だ。

「どうしてこれが……」

「延子さんが信仰していたんでしょうね」

　孝冬は断定的に言う。なぜわかるのか、と彼を見れば、その手には畳の下にあった物のもうひとつ、奉書紙の包みがあった。包みは開かれている。孝冬はそれを鈴子にさしだした。

包みのなかにあったのは、ひと房の髪の毛だった。黒々とした長い髪をまとめた真ん中を、紐で結わえてある。

「山辺がさがしていたのは、この髪……？」

奉書紙の中央には、『藤園延子』と名前が書かれている。この髪は延子の髪なのだろう。延子が死んでも、残ったこの髪を求めて、山辺はここを離れなかったのか。それを一途と呼ぶにはうすら寒いものがある。鈴子は背筋が冷えた。

奉書紙には、ほかにも文字が書かれている。名前の下に、『平癒祈願』。隅には朱肉で印が押されていた。文字ではなく、炎のような形をみっつ並べた印だ。下にふたつの炎、その上にひとつの炎という並びである。

「この印は、燈火教の印でしょうか」

「そのように思えますが、どうでしょうね。ああ、怪我の平癒を願ってということなら、信者は延子さんでなく、ヨシという女中の線もありますか。しかし、当人の了解なくこれだけの髪を切るというのは難しいでしょうから、延子さんも知ってのうえだと思いますが」

鈴子の脳裏にふと、山辺が宗教らしきものに凝っていた、と同僚の男性が言っていたのがよみがえった。だが、平癒とあるからには、延子が怪我を負ってからのことだろう。山辺はその時点で死んでいるのだから、無関係と思われる。

鈴子はそんなことを孝冬に説明した。

「山辺が……。そうですか」

孝冬は顎を撫でて考え込む。

「宗教かどうかもわからないと同僚のかたはおっしゃっていましたし、関係ないかとは思いますが」

「どうでしょうね。いずれにせよ、もう山辺の幽霊はいませんから藤園家の依頼はすんでいるわけで、もうやらねばならぬことはないのですが……しかし、いやな符合だ」

孝冬のつぶやきに、鈴子は首をかしげる。「いやな符合？」

「運転手と雇い主の夫人、燈火教という組み合わせが……。通じるものがあるでしょう、笹尾子爵夫人と」

「あると言えばありますが、いくらか違っておりましょう。笹尾子爵夫人が運転手と恋仲になったのは結婚前ですし、ふたりとも心中しようとはしておりません」

「まあそうですが」

それでも孝冬は不審そうに神像の絵を眺め、

「藤園家に行ってみましょうか」

と顔をあげた。

「ええ、それは延子様がご用意なさった物でございますよ」

ヨシは言い、懐かしげに髪の毛の束を見つめた。

「あのお座敷がいちばん陽当たりがようございますので、そちらを延子様の寝所にしておりました。その寝床の畳の下に、これを敷いてくれと延子様がおっしゃるので、わたくしが畳をあげて、敷いたのでございます。延子様がお亡くなりになったあとは、すっかり忘れてしまっておりました」

「これは『燈火教』のご神像だと思うのですが、延子様が信奉なさっていたのですか？」

応接間の椅子にゆったりと腰かけ、孝冬は尋ねる。

「ええ、まあ……」

ヨシは複雑そうに眉を動かした。

「わたくしはどうかと思っておりましたけれども……。だって、うさんくさいでしょう。でも、延子様もそこまで熱心に入れあげるというわけでもなかったものですから、お咎めするほどでもないかと。月に一度、会合にお出かけになるくらいでしたから」

「ご結婚なさってから？」

「さようでございます。なんの会でございましたか、なにかの展示会にお出かけになったさいに、知人の夫人にすすめられたとうかがいましたが。どなたとは、はっきりおっしゃいませんでした。でも……」

ヨシはすこしうつむき、暗い目をする。

「なにか？」

「……あの運転手、山辺も、その宗教の信者だったので、ひょっとしたらほんとうは、山辺からすすめられたのではないか、とは疑っておりました。いまとなってはわかりませんが……」

「あの運転手も……」

孝冬は鈴子に視線を送る。——山辺も燈火教の信者だった。無関係ではなかったか。

「ふたりは、わたくしの前ではそんなことはちらとも話題にしないのですが、どうも、ふたりのときはその宗教の会合だの活動だのについて語らっていたようでございます。あるいはそういった会話で、山辺は延子様から好意をもたれていると勘違いしたのやもしれません」

そう言ってから、ヨシはなにを思い出したものか、きつく眉根をよせた。

「延子様が山辺に殺されかけて、退院なさってあの家に落ち着くまで、そんな宗教のことは忘れておりました。でも、どこから嗅ぎつけたものか、信者という婦人が訪ねてきまして――」

「燈火教のひとがやってきたのですか、あの家に？」

ヨシはうなずいた。眉間に皺はよったままだ。

「山辺を思い出すでしょう、わたくしは追い返そうと思いましたし、延子様もそうなさると思ったのです。でも、それが信仰というものでしょうか、延子様はむしろありがたがって、その婦人をお通ししたのです。そこでもらったのが、その神像の紙でございますよ。それと、平癒祈願をしてもらうとかで、髪の毛を切ってお渡しして。つぎに訪ねてみえたときに持ってきたのがこの包みでございました。これらを寝床の下に敷いてお祈りすれば、きっと元気になりますよ、とおっしゃって。――いいかげんなことを言うのだから」

ヨシの顔がくしゃりと歪んだ。目の端に涙が浮かんでいる。

「元気になるどころか、お亡くなりになって。嘘ばっかり。山辺の幽霊のことだって、相談したのですよ。だけど、その婦人はお祓いなんてできないし、できるひとに相談してみるから、とおっしゃったきり、訪ねてもこなくなりました。やっぱり、ろくなものではなかったのでしょうね」

深くため息をついて、ヨシは肩を落とした。

「……お祓いをしていただいて、山辺がいなくなったのなら、それだけが慰めでございます。あの男がいつまでもいては、延子様の魂が穢れてしまうような気がしておりましたから……」

「つかぬことをお訊きするようですが」孝冬が言った。「山辺は近在の農家の息子だと聞きましたが、どの辺の？」

「八王子でございます」さしていぶかる様子もなく、ヨシは答えた。「八王子の養蚕農家でございますよ。あの辺は、養蚕やら織物やらが盛んでございましょう。まったく、そちらで働いていればよかったものを……」

ぶつぶつとヨシがつぶやくなか、孝冬はなにやら考え込んでいる。鈴子は横目にそれを眺めていた。

——八王子……最近、なにかの折に耳にしたような……。

なんだったか。思い出せない。

「——どうも、参考になりました。それではこの辺でお暇します」

ふいに孝冬が言って、腰をあげる。神像の絵と奉書紙に手を伸ばすと、ヨシが「あの」と制止した。

「延子様の御髪だけ、いただくわけには参りませんでしょうか。遺髪でございますから……。そちらの絵と奉書紙はいりませんが」

髪には慈しむような、神像の絵と奉書紙には忌々しげな、対照的な視線を投げて、ヨシが懇願する。孝冬は鈴子をちらと見て、うなずくのを確認してから、「かまいませんよ」と言った。

「ありがとうございます」

ヨシは手拭いをとりだすと、そこにそっと髪の束をのせて、大事そうに包んだ。それを胸に押しいただく。赤子を抱くかのように。

――ただひとり、ひとりだけでも、誰よりも大事に思ってくれるこのひとがいることが、延子にとって救いだったのではないか。

鈴子にはそう思えた。


――ああ、八王子。

夜、布団に入ったところで、鈴子はふいに思い出した。

「どうかしましたか」

おなじく布団に入るところだった孝冬が、鈴子の様子に気づく。

「いえ、山辺が八王子の出と聞いて、最近、べつのところで八王子の名を聞いたような気がしていたのですが、思い出しました」

「鴻氏でしょう」

あっさりと孝冬が言った。

「気づいてらしたの」

「ええ、まあ」

鴻は八王子の縞買のもとへ奉公に出て、のち独立したのだ。

――だからどう、ということでもないけれど……。

たまたま短い期間に八王子の地名をつづけて耳にしたというだけのことだ。

だが、孝冬は妙に屈託のある顔をしている。

「なにかございまして？」

「とくに言う必要もないと思って、お伝えしていなかったのですが。鴻心霊学会の母体は宗教団体だと、以前お話ししましたよね」

「まさか……」

「燈火教なんですよ」

沈黙が落ちる。

「だからどうだということではないんですがね」

鈴子がさきに思ったのとおなじようなことを口にして、孝冬はちょっと笑った。

「まあ、少々いやなものを感じると言いますか……。考えてしまうんですよ」

「なにをでございますか」

「運転手と名家の奥様という構図。華族の家やら旧家、富裕な家となると基本的に政略結婚でしょう。それでも夫婦仲がうまくいけばいいが、そうならず夫が外に妾を囲いでもした場合、奥様は孤独だ。その奥様に取り入ることのできる使用人といったら、運転手ですよ。これは数々の運転手と夫人の騒動が証明しています。そこで、もとからある目的を持って奥様に近づいたら、どうでしょうね」

「目的……布教でございますか」

孝冬はうなずいた。

「孤独な奥様の心に入り込む。そのうえ、富裕な家であればお布施も期待できるし、名家であれば箔がつく。横のつながりもあるから、さらにべつの名家の奥様に布教できる。手堅い後ろ盾が着々と構築されてゆくわけです。――まあ、こんなにうまくいくわけもないと思いますが」

自分で言っておいて、孝冬は軽く笑い飛ばす。

「……もし延子様を燈火教に引き入れたのが山辺だったとして、結局は破綻しているのですから……」

鈴子は言いかけて、口を閉じる。

――でも、途中まではうまくいったのだ。

山辺が道を踏み外さなければ、順調に布教は進んだのだろう。仮定の話だが。

「実際そんなことが行われていたとしても、私がなにかしなくてはならないわけでもありませんからね。けしからぬ宗教団体を取り締まるのは私の仕事じゃありません」

鈴子の顔を見て、孝冬は苦笑した。

「すみません。なんだかややこしい話をしてしまいましたね。忘れてください」

「いえ……、心にとどめておきます。あなたが気になさったことですから」

鈴子の返答に、孝冬は微笑する。やわらかな笑みだった。

「そうですか。あなたは誠実なひとだな。――ねえ鈴子さん、淡路の君のことですが、あれに幽霊を食わせるのはもともと当主の役目ですから、あなたまで同行することはないのですよ」

孝冬の声音はひどくやさしく、かつ憂いを帯びていた。鈴子は体を彼のほうに向けて、その顔を眺めた。

「お邪魔でございますか」

そうではないとわかっていて、あえて尋ねた。

「いいえ、まさか」

やはり孝冬はそう答える。

「では、ご一緒いたします。あなたひとりにおつらい思いはさせたくありませんから」

孝冬はなにか言おうとしてか口を開いたが、声を発することなく、ただはにかんだような笑みを浮かべただけだった。

しばらくして、

「私は毎日、あなたに惚れ直している気がしますよ」

などと言って、枕元の明かりを消した。

金の花咲く

運ばれてきた膳には、鮎の塩焼きに海老真薯《しんじょ》の吸い物、穴子と茄子の炊き合わせなど見るからにおいしそうなものが並び、目にしただけで鈴子はいたく満足した。膳や器などは、いずれも楓を散らした蒔絵《まきえ》の美しい漆器である。

芸妓が膳につづいて銚子を持ってくる。長兄の嘉忠は酌を断り、彼女たちをさがらせた。上座に座らされた嘉忠は居心地が悪そうで、それを朝子、雪子のふたりが愉快そうに眺めている。次兄の嘉見はいつもと変わらずつまらなそうな顔をして座っていた。

「お義兄《にい》さんは、こちらにはよくいらっしゃるのですか」

鈴子の隣に座る孝冬が、嘉忠に向かって尋ねた。嘉忠は一瞬、嘉見のほうを見やる。気づいて孝冬が、「ああ、『お義兄さん』だとおふたりのどちらなのか、わかりませんね。お名前でお呼びしてもかまいませんか」と柔和にほほえんだ。

「ええ、どうぞ」

あきらかに緊張した面持ちで嘉忠はうなずき、もぞもぞと座り直す。なんでもすぐ顔に出るひとである。

「では、嘉忠さんは、よくこちらに?」

「ええ、その、ときどきですね。祝いの席や、懇親会などで……同僚がここで結婚式を挙げることも多いものですから」

「ああ、たしかに官僚のかたは、こちらでよく式をなさってますね」

ここは芝にある紅葉館《こうようかん》、上流階級御用達の高級料亭である。紅葉館という名は料亭や旅館によくある名なので、区別のため、ふつう『芝紅葉館』と呼ばれる。料亭とは言うが、その敷地は広大で、開業当初はごく限られた者のみの会員制、大きな門には守衛もいて軽々に足を踏み入れることもできず、といった形で、巷《ちまた》の料亭とは趣《おもむき》が異なる。鹿鳴館がたった七年で役目を終えてからは、その代わりともなっている社交場である。政財官、各界の人々にも会合、秘密の会談の場所として大いに利用されていた。紅葉館の名にふさわしく、座敷には襖の引手から欄間まで楓葉があしらわれており、掛け軸やら花瓶やらはいずれも名品揃いであった。

鈴子たちはここに、以前約束した食事会に来たのである。鈴子は兄ふたりと顔を合わせるのはひと月ぶりくらいだろうか。その程度では当たり前だが、ふたりに変化はない。

嘉忠は相変わらず、いかにも官庁勤めらしい真面目そうな顔つきをしている。健康的な浅黒い肌をしており、角張った輪郭に太い眉、高い鼻に、くっきりとした二重が際立つ。

目が澄んでいてきれいだ。『顔だけはいい』と言われる父によく似た顔の造りをしているが、印象はずいぶん違う。純朴で、清らかな水のようなひとである。

　嘉見はといえば、こちらも相変わらずの仏頂面《ぶっちょうづら》で、しかしそう見えるのは顔立ちがあまりにも整いすぎているからかもしれない。母親である千津の冷ややかな美貌を最も色濃く受け継いだ、白皙《はくせき》の美青年である。涼やかな切れ長の目、白い瞼には長い睫毛の影ができており、蠱惑《こわく》的ですらある。嘉忠が水ならば嘉見はさしずめ氷だろう。この次兄が鈴子にとってはいちばん歳の近いきょうだいで、したがっていちばん気安い間柄でもあった。性格が似ているというのもある。

「嘉見さんは、こちらに来られたことは？」

　孝冬は嘉見にも尋ねる。鈴子の兄なので孝冬にとって嘉見は義兄となるが、実際には孝冬のほうが嘉見より年上だ。

　嘉見は愛想のない表情のまま、

「いや、俺はあまり。酒も飲みませんし」

　とそっけなく答える。

「下戸ですか」

「酒の味と酔っ払いが嫌いなだけです」

嘉見の返答は切って捨てるような口調で、嘉忠がはらはらしている。当人は平然としたものだ。孝冬はなぜだか上機嫌の様子で笑っている。

「ずいぶん、機嫌がよろしゅうございますね」

鈴子が言うと、

「嘉見さんは、鈴子さんとよく似てらっしゃるので」

と孝冬は言う。鈴子は正面に座る嘉見の顔を眺めた。

「はじめてお会いしたころの鈴子さんにそっくりですよ、態度が」

「そうかしら」

こんなとりつく島もないような態度だったかしら……と思う。

「そうでしたよ。私のことなど、まるで相手にしてくださらなかったじゃありませんか」

「それはあなたが――」

うさんくさかったから、という言葉を鈴子は呑み込む。鮎の身に箸を入れて、口に運んだ。塩が利いていて、皮は香ばしく、身はふっくらとして爽やかな甘みがある。おいしい。

鈴子が料理を味わう様子を、孝冬は微笑を浮かべて眺めている。そのふたりをまた、朝子と雪子がにこにことして見ていた。満足そうである。

「やっぱり、食事会を設けてよかったわね」

「そうね、仲がよさそうで安心したわ。つぎはお母様も交えてお食事しましょうよ」
などと言っている。ふたりは孝冬に装いをひとしきり褒められたので、いたって上機嫌なのだ。

嘉忠は緊張をほぐそうとしてか酒をひとり飲みつづけており、すでに顔が真っ赤だった。強くないのだからよせばいいのに、と鈴子は心配になってくる。

ひとりいまだ仏頂面で不機嫌そうなのは嘉見だった。

「嘉見お兄様、鮎はお好きでしょう？　召しあがらないの？」

「……食べるよ」

はじめて膳に鮎があることに気づいたかのように、嘉見は箸をつけた。

「嘉見さんは魚がお好きですか。鈴子さんとおなじですね」

孝冬はほどほどに酒を飲みつつ食事を進めている。孝冬もさして酒は強くない、と鈴子は見ている。朝子や雪子のほうがよほど酒豪であろう。

「兄や姉たちだって魚は好きですよ」

嘉見の返答はやはりそっけない。

「困ったひとねえ、嘉見さん」雪子が笑う。「まだ拗《す》ねてるの？　かわいい妹をとられてしまって」

「さびしがり屋なのよ」朝子も笑う。「雪ちゃんやわたしの結婚が決まったときだって、この子、一日部屋から出てこなかったのよ」

ふたりの姉にかかっては、嘉見も『この子』呼ばわりだ。嘉見は姉たちをにらんでいるが、言い返しはしない。言い返したら最後、二倍にも三倍にもなって過去の恥ずかしいふるまいを暴かれるからだ。

「家族愛が強いんですね」

孝冬はにこやかに言う。いつにもまして、今夜は人当たりのいい微笑を絶やさずにいる。気を遣っているのだろう、と鈴子は思う。嘉忠のように表に出はしないが、義家族相手に緊張しているに違いない。嘉見がいますこし態度を和らげてくれたら、孝冬も気持ちがほぐれるのだが——。

嘉見にもっと話しかけるべきか、そっとしておくべきか、鈴子が対応を決めかねているうちに、とうの嘉見が孝冬に向かって声をかけた。

「お訊きしたいことがあるのですが」

「ええ、なんでしょう」

孝冬は盃を膳に置いて、嘉見のほうに向き直る。

「花菱家が華族に列せられた理由を知りたいのです」

嘉見の問いに、鈴子はすこし首をかしげた。「由緒ある神社の神職だからでございましょう」

「おまえに訊いてない」

鈴子の言葉を、嘉見はぴしゃりとはねのけた。孝冬が苦笑する。

「その返答でご不満ですと、私のほうから言えることはないのですが。神職が華族となった理由を論じたいわけではないのでしょう？」

「花菱家について訊いています」

孝冬は笑みを浮かべたまま、軽くうなずいた。

「それならやはり、さきほど鈴子さんもおっしゃったとおり、『由緒ある神社』だからですよ。ずいぶんと古い家です。国生み神話の島ですし、お祀りしているのは伊弉諾尊《イザナギノミコト》ですから、まあなんといいますか、ちょうどよかったのでしょう、神職から華族を選ぶとなったさいに」

ほかの神職華族もやはり、軒並み由緒ある神社で、代々神職を務める一族も、かつては豪族だったなど歴史も力もある旧家である。出雲大社《いずもたいしゃ》の千家《せんげ》家がいい例だ。花菱家は古くは島の領主だったともいうから、やはりその例にあてはまるだろう。

「それに該当する神社も旧家もほかにあるでしょう。それらをさしおいて、花菱家が選ばれた理由を知りたいのです」

嘉見は食い下がる。こうも執拗に、いったいなにを言わせたいのだろう、と鈴子は疑問に思う。

孝冬は苛立った様子もなく、鷹揚《おうよう》に微笑を浮かべている。

「それは政府にでも訊いていただかねば、私にもわかりかねるところですね」

「つまり、政府の意向が働いているということですか」

孝冬は笑った。「そんなものは、ほかの華族でもそうでしょう」

「あなたの祖父は元老とも親交があったと聞きますが」

すこしばかり孝冬の眉が動き、瞳が翳った。元老というのは、天皇の信任厚い、政府に大きな影響力を持つ政治家の重鎮たちで、伊藤博文だとか、山縣《やまがた》有朋、井上馨《かおる》といった面々である。

「麴町の一等地にあんな洋館を建てることができたのも、そのつながりのおかげだと。花菱家というのは、ただの神職ではないのではありませんか。あなたも政府とかかわりが——」

嘉見が気にかけていたのは、このことらしい。孝冬の表情の動きを見逃さぬよう、じっと強いまなざしで凝視している。

「それは祖父の代までの話ですよ」

薄い笑みを浮かべて、孝冬は言った。

「祖父は、神職にこういう言葉があてはまるのかわかりませんが、やり手でしたので。政府の要職についているようなひとほど、厄だの八卦などにこだわるものでしょう。祖父は彼らの厄払いの祈禱《きとう》をしてましたし、相談にも乗ってましたよ。まあ、拝み屋みたいなものです。その代わりに便宜を図ってもらっていたのでしょう。私もよくは知りませんが」

「あなたもお祓いをしているじゃありませんか」

「あれは神職としてのひと助けの一環です。政府とは無関係ですよ。私はそもそも自分のことは商人だと思ってますから」

嘉見は眉をよせた。「……うさんくさい」

「嘉見、ひどいことを言うもんじゃない」唐突に口を挟んだのは嘉忠だった。耳まで赤く、体はふらふらと左右に揺れている。「もう親戚なんだから。義兄、いや義弟になるのか、ともかく仲良く――」

「酔っ払いは黙っててくれ」

うんざりした様子で嘉見は兄を眺める。「なんだって毎回飲み過ぎるんだ。いい加減、適量を把握してくれよ、兄さん」

「嘉見お兄様、孝冬さんはうさんくさく見えるかもしれないけれど、それなりに真面目なかたよ」

鈴子は取りなすつもりで言った。

「『それなり』ですか、鈴子さん」

孝冬が落胆したような顔をする。

「言葉が悪うございましたか。柔軟さもおありだから、あんまり真面目というのも違う気がして……」

とはいえ、たしかに孝冬は鈴子に対してはいたって真面目であるし、誠実でもあろう。そう思い、鈴子は言い直した。

「たしかに、意固地なくらい真面目なところもおありでございますね」

「意固地ですか」

「ええ。もうすこしご自身のこともいたわってくださいませ」

「無理はしていませんよ」

「当人は無理と気づかぬものです。だからわたしが申しあげているのです」

「はあ……」

自覚がないのか、孝冬は腑に落ちない顔をしている。彼は、鈴子のためなら無理を無理と思わず無理をする。それが段々とわかってきたので、鈴子は案じているのである。

「花菱男爵は、器用なようで不器用でらっしゃるのかしら」

雪子が言った。穏やかなあたたかいまなざしを孝冬に向けている。

「意外ですこと」朝子が言い、朗らかに笑う。「でも、そのほうがかわいげがあっていいわ」

異母姉ふたりは、孝冬をすっかり気に入ったようである。すでに弟扱いしはじめている。

「『花菱男爵』じゃあ他人行儀だから、なんてお呼びしようかしら」

「『孝冬さん』じゃ、ちょっと馴れ馴れしいかしらね」

「かまいませんよ、お義姉さんがたのお好きなようにお呼びください」

孝冬は相手に応じた適切な対処のしかたをすぐに理解する力に長けているのではないかと、鈴子は思う。生まれ持ったものなのか、育ちゆえか、あるいは商人だからなのか、わからないが、このきょうだいのなかで最も力があるのは長兄ではなく姉ふたりであると、彼はすでに理解している。さらに嘉忠には親しみをこめて、嘉見には鷹揚かつ真摯に対応すると決めているようだ。たしかに嘉忠は丸め込みやすいが、嘉見にごまかしは通用しない。しかしいちばん気をつけねばならないのは実は嘉忠で、彼はけっして傷つけてはならない。彼は怒るよりもかなしむ性質のひとなので、一度深く傷つくと、怒りはしないがその相手にはもう心を開かない。孝冬ならば、嘉忠を傷つけるような真似はしないだろうけれど――。

「花菱さん――いや、私も孝冬さんと呼んだほうがいいのかな。弟になるんですし」

酒に赤くなった顔で、嘉忠が口を開いた。眠いのか、瞼が重そうだ。それでも言葉はしっかりしている。酔い潰れるほどではないらしい。

「嘉見が立ち入ったことを根掘り葉掘り訊いて、失礼しました。鈴子は父のせいで苦労した妹ですので、心配するがゆえです。ご宥恕《ゆうじょ》いただけたらありがたい」

「ええ、もちろんです」

孝冬は気安く応じた。嘉忠はそんな孝冬を眺める。目もとが酔いに赤らんで、目も潤んでいた。

「ご存じかと思いますが、うちの父は放蕩者です。父に泣かされた気の毒なご婦人がたを、私も嘉見も見て育ちました。そのため私も嘉見も男でありながら男への不信が強い。鈴子が泣くような目になったら、悔やんでも悔やみきれない――」

嘉忠がここまで率直に父を批判するのを聞くのははじめてだったので、鈴子はすくなからず驚いた。なんだかんだで常識的で真面目な嘉忠は、父を家長として敬っているのだろうと思っていた。

「ですので、孝冬さん。どうか鈴子をそんな目に遭わせないでください。もし鈴子がつらい思いをすることがあったら、私はあなたのことも、この結婚を受け入れた自分のことも許せない」

嘉忠の目が潤んでいるのは、酔いのせいばかりではなかったらしい。彼は目もとを押さえた。孝冬は虚を衝かれたようで、すこし目をみはり、すぐには言葉を返せずにいた。

「——ええ、もちろん」孝冬はうなずいた。「けっして、そんな目には。私は鈴子さんなしでは生きてゆけませんし、ほかのご婦人に興味はありません」

孝冬は動揺したのか、かなり極端なことを口にした。そこまで言うと嘘くさく思われないか、と鈴子は嘉忠たちを見る。やはり嘉忠も嘉見も啞然《あぜん》としていたが、雪子と朝子は不思議とにこやかにうなずいていた。

「孝冬さんがどれだけ鈴ちゃんを大事になさっているか、見ていればわかるわ。ねえ朝ちゃん」

「確認するまでもないことよね。嘉忠さんったら、野暮なんだから。そこが嘉忠さんのよさだけれど」

ふたりはくすくす笑う。嘉忠はコホン、と咳払いした。酔いがいくらか醒めたのか、赤みが引いている。

「そ……それなら、安心です。なあ、嘉見」

嘉見は無言だったが、孝冬を見る目に最初ほどの険はなくなっているように鈴子には思えた。

鈴子は箸を置き、嘉忠と嘉見を順番に見た。

「心配してくださって、どうもありがとう。嘉忠お兄様も、嘉見お兄様も」

嘉忠はそわそわとして、嘉見は視線をさまよわせた。

「あ、改まって言われるとなんだか照れるな」

「ふたりとも、鈴ちゃんには弱いものねえ」

ほほ……と雪子と朝子が軽やかな笑い声を立てる。ただよう空気はやわらかく、あたたかい。遠くの座敷から洩れてくる三味線の音さえ、まろやかに、明るく聞こえた。

食事が終わり、鈴子たちは玄関に向かった。すっかり酔い潰れた嘉忠は嘉見に支えられてなんとか歩くいっぽう、銚子を何本空けたのだかわからない雪子と朝子はけろりとしている。瀧川家の酒宴後の、いつもの光景である。

玄関では下足番が草履や靴を並べ、芸妓たちが見送りにぞろぞろと現れる。芸妓は紅葉館お抱えで、ここでは芸妓ではなく『上給仕』といい、『お給仕さん』と呼んだが、世間には『紅葉館芸者』と呼ばれた。新橋あたりの芸妓よりも上流だという。芸妓たちはいずれも品のいいきれいな顔立ちで、美しい着物の裾を引き、スッスッと無駄のない裾さばきで進み出てくる。

ふと鈴子が足をとめ、ふり返ったのは、なぜだったか。鈴子は自分でもすぐにはわからなかった。そこには三つ指をついた芸妓が並ぶばかりだ。――いや。磨き上げられた板間の玄関の奥、縁側へとつづく廊下の角を、すっとひとりの女性が曲がって去った。芸妓ではない。着物も髷も芸妓のそれではなかったからだ。客のひとりだろうか。ひと筋の乱れもなく結い上げた丸髷、黒に近い青褐色《あおかちいろ》の地に黄色の花を描き、さらに金糸で刺繡をほどこした着物。背と袖に家紋が入っている。さすがに何の家紋かまではわからなかったが、きらびやかな金糸の花が、鮮やかに目に焼きついた。

心惹かれたその姿を、鈴子は数日後、ふたたび目にすることとなる。

「今日、めずらしいひとと会いましたよ」

翌日の夜、帰宅した孝冬がそんなことを言った。

「めずらしいひと？　どなた？」

「当ててみてください。鈴子さんも会ったことのあるひとですよ」

鈴子は孝冬をじっと見て、

「降矢《ふるや》様かしら」

と答えた。孝冬は驚いた様子で目をみはる。

「どうしてわかったんです？」

「当たりましたか。あなたがご存じのかたで、わたしも会ったことのあるかたといったら、そうはいらっしゃいません。『めずらしいひと』とおっしゃるからには頻繁にお会いするかたでもなく、むしろ一度お会いしたぐらいのかたでございましょう。あなたのご様子からすると、悪い印象のあるかたではないようでございます。気の合うかたじゃないかしら。歳の近い、殿方でしょう。――あてはまるかたといったら、降矢様かしら、と思っただけでございます」

ははは……と孝冬は笑って椅子の背にもたれかかった。

「いや、さすがですね。そのとおり、降矢さんですよ」

降矢氏は名を篤《あつし》といい、甲府出身の実業家である。降矢家は資産家で、もとは養蚕の豪農だったという。彼の妹は運転手と色恋沙汰を起こしたあと、燈火教の信者となり、それを持て余した降矢家は、貧乏公家華族の笹尾子爵のもとに嫁がせた。しかし彼女は転落死し、幽霊となって、屋敷のなかをさまようこととなる。その一件で鈴子と孝冬は降矢篤と知り合ったのだ。

降矢は冷静沈着なひとであり、賢さゆえの冷ややかさを感じるひとでもあったが、妹への情も持ち合わせていた。

「その降矢様が、どうして……」

「いえね、依頼なんですよ。お祓いの」

「まあ」

――お祓い？

「降矢様に、なにかあったのでございますか」

「いや、降矢さんじゃないんですよ。降矢さんの友人がね、拝み屋をさがしてるんだそうです。なんでも、古道具屋で買った品に、幽霊が取り憑いているとかどうとか」

「幽霊が……。どんな品です？」

「蒔絵の硯箱《すずりばこ》と言っていたかな。文箱だったかな。ともかく見事な蒔絵の品だそうで。そのご友人は実業家で、かなり羽振りがいいそうですよ。製紙業だとか。おなじ山梨の出身なのが縁で、親しくなったそうです」

「それで、お祓いをお引き受けになったの？」

「ええ、引き受けました。少々、興味が湧いたもので」

「興味でございますか」

「実業家の知り合いは作っておくにこしたことはないので」

「ああ、そちらのご興味」

「幽霊にも興味がありますよ。蒔絵の品も見てみたいですし。その幽霊はね、ご婦人なんだそうです。きれいな金糸の刺繡が入った着物を着た、どこぞの良家の夫人らしい姿で、うなだれて佇んでいるのだそうです」

「金糸の刺繡……」

ふと鈴子の頭に浮かんだのは、昨夜、芝紅葉館で見た女である。あれを幽霊と捉えたわけではなかったが――。

「それでは、わたしも同行いたします」

淡路の君が出てくる事態になるとしたら、孝冬ひとりでは行かせられない。当然のように言うと、孝冬はにこりと笑った。

「ありがとうございます。心強いですよ」

孝冬は鈴子が同行することをもう渋りはしない。鈴子は己が信用されたように思えて、いくらかうれしくなった。

なるべく早いほうがいい――というのが依頼主の望みらしく、翌日ふたりはその家へと向かうことにした。

依頼主は波田東次《はたとうじ》といった。屋敷は市ヶ谷《いちがや》の外濠沿いの高台にあった。外濠沿いには松が植えられ、市内でも景勝地として名高い界隈である。そのため、このあたりと外濠を挟んだ対岸のあたりは、明治になってから市内で最初にできた高級住宅地だそうだ。実業家や軍人など、維新後に台頭してきた人々が多く住んでいる。

波田家は大豪邸というわけではなかったが、木造二階建ての和洋折衷の屋敷で、庭は日本式に整えてあった。一見して趣味のいい住まいだと鈴子は思った。屋内にもこれみよがしに高価な壺やら絵やらが飾ってあるわけでもなく、設えは渋い。洋室の応接間にはつやを帯びた暗い赤褐色《せきかっしょく》のマホガニーの椅子とテーブルが据えられ、カーテンは深みのある柿渋色、絨毯は黒鳶色と、落ち着いた雰囲気にまとまっていた。

「私が建てた屋敷ではないんですよ」

鈴子と孝冬が揃って屋敷を褒めると、波田は照れくさそうに頭をかいて笑った。降矢とおなじ年ごろの三十そこそこだろう、ゆったりと構えた押し出しのいい青年で、若々しさと老成したところが同居しているような不思議な佇まいがあった。実業家というより、修行僧だとか、修験者だとか言われたほうが納得する、と鈴子は思う。眉が濃く鼻のがっちりとした、とりわけ端整な顔立ちでもないのだが、ふっとひと目を惹く魅力がある。肩幅が広く胸板も厚い、いい体格をしているので、濃紺の三つ揃いに絹地の縞のネクタイを締めた姿は見栄えがした。

「あなたがたもご存じの、降矢さんのお父上がお建てになった家だったんです。御殿山に新しく大きなお屋敷をお建てになったものですから、安く譲っていただきまして」

「ああ、そうなんですか。ずいぶん、降矢さんとはお親しいのですね」

「同郷ですからね。ありがたいことに、降矢さんのお父上が同郷の若者にはずいぶん世話を焼いてくださるんです。いや、同郷といってもあちらは甲府で私は郡内《ぐんない》ですので、すこし違うんですが。甲府は盆地ですが、郡内は山がちなところで。私の故郷は吉田といって——わかりますかね」

「富士御師《おし》の……」

孝冬が言うと、波田はうれしそうに笑みを浮かべた。

「そうです。よくご存じですね。ああ、神職だからですか。私の家は代々、富士御師をしていました」

孝冬は鈴子に顔を向け、「富士御師というのは、一種の宗教者ですよ」と言った。

「宗教者……」

「信仰の仲介者ですね。お札を配ったり、祈禱したり、参詣人に宿を提供したり。富士御師は富士講の御師です。富士山を信仰する人々の集まりが富士講、彼らの活動を支えているのが富士御師です。——この説明では簡潔すぎますか？」

最後の言葉は波田に向けられたものだった。波田は笑顔でかぶりをふる。

「いえいえ、じゅうぶんです。子供のころからほんとうに、いまおっしゃったような暮らしのなかに身を置いてきました。夏のあいだは富士山へ登る富士講の人々をもてなすのが仕事で、それ以外の時期はお札を配ったり、祈禱を行ったり。夏は子供ながら、目の回るような忙しさでしたね。はは……」

波田は快活に笑う。富士山への登山というと、修験道でもあるのだろう。鈴子はそれでなんとなく納得した。ひとりうなずいていると、孝冬が「なにか？」と訊いてくる。

「波田様の印象が、修行僧か修験者のようだと思ったもので、理由のないことでもなかったのだと思っただけでございます」

へえ、と波田は興味深げな目をした。

「夫人は、面白いかたですね」

「……そう言われたのははじめてでございます」

「いや、私も言ったことがあるでしょう」と孝冬が心外そうに口を挟んだ。

「いいえ。あなたはわたしを面白がっていらしただけでございます」

「おなじことじゃありませんか」

「違います」

きっぱり言うと、孝冬は黙った。

「ふふ……」と波田が笑う。笑うと目尻に皺ができて、ずいぶん人懐こい顔になる。

「仲がいいのですね。うらやましいことです」

波田は独身だそうだ。うらやましい、といった目には憧憬の色があった。意中の相手でもいるのだろうか。

「降矢家とご懇意なら、縁談は困るほどすすめられるでしょう」

孝冬の言葉に、波田は「ええ、まあ……」と実際困ったように頭をかく。縁談には乗り気でないらしい。

「華族令嬢との結婚もすすめられますが、どうも私は、そういうのはあまり——あっ、すみません」

その華族令嬢であった鈴子を見て、波田はあわてて謝る。お気になさらず、と鈴子は言った。

波田に持ち込まれる華族令嬢との縁談というのは、十中八九、内証の苦しい没落華族であろう。高貴な血筋を求める資産家と財力を求める華族の利害の一致である。それに気がすすまないとなると、波田は打算で結婚できる性質ではないようだ。

「無駄話もなんですから、そろそろ本題に……。すこしお待ちいただけますか。持ってきますので」

そそくさと波田は部屋を出て行き、しばらくして戻ってくる。その手に蒔絵の箱をたずさえていた。

「美術品を蒐集する趣味はないのですが、これは妙に惹かれてしまって……。向柳原《むこうやなぎわら》の通りの古道具屋で買ったんですよ」

そう言いながら、箱をテーブルに置いた。

美しい蒔絵だった。漆に細かな金粉を広く散らした梨地に、平蒔絵で花が描かれている。黄金の花だ。大きく開いた花弁に、長く伸びたおしべ。弟切草《おとぎりそう》に似ているが、正確にはなんという花か鈴子にはわからない、蒔絵の題材として見かけたことのない花だった。

――だけど、この花は……。

見覚えがあった。先日、芝紅葉館で見かけた女の着ていた着物。そこに描かれていた花である。さらには。

鈴子はちらと目をあげて、波田の背後を見やる。そこに女がひとり、立っている。丸髷を結った頭をうつむけ、両手を前で重ねた夫人の姿である。黒と見紛うほど深い青褐色の地に、鮮やかな黄色の花が描かれた着物を着ている。花には金糸の刺繡があった。彼女は波田が蒔絵の箱を手に部屋に入ってきたときから、そのうしろにぴたりとついていた。

「硯箱なんですよ」

波田が言い、蓋を開ける。なるほどなかには硯があり、蓋裏にも精緻な蒔絵がほどこされていた。

「そう古い物じゃないそうです。ただ、出所はわかりません。もとは由緒ある家から売られたのでしょうが、その後、何度も買い手のあいだを転々としたようで。由緒がはっきりしていたら、もっと高価だったのでしょうが……」

「どこぞの華族の家から売立で流出したのかな」

箱をしげしげと眺め、孝冬が言う。「世界戦争からこっち、多いですからね」

財政難に陥った華族は、伝来の美術品を売りに出す。これらに高い値をつけるのは、実業家、もっと言えば成金である。したがって、成金の羽振りがよかった世界戦争のあいだ、華族の家宝を巡る売立は盛んで、活況を呈していた。しかし戦争終結後、あっというまに経営が傾き、買い集めた美術品を売り払うはめになった成金も多い。この品もそうした流転を経た物なのかもしれない。

「店主が言うには、これがあちこちを転々としたのは、幽霊が憑いているからだそうです。よくある話ですから、本気にはしませんでした。これを買って帰って、数日のあいだは……」

ある晩、ふと気づいたのだという。部屋の隅、暗がりのなかに、女が立っている。女の膝から下だけが、闇のなか幽《かす》かに見えていた。

「不思議と、着物の柄だけが、くっきり見えたんです。この蒔絵とおなじ、金色の花です」

それからたびたび、波田は女を目撃するようになった。屋敷の外では見ない。朝、身支度を整えているときの、鏡の端に。夜、枕元の明かりを消そうと伸ばしたさきの暗闇に。女はいるのだという。なにをしてくるでもない。ただ、佇んでいる。それだけだ。

「次第に、全身が見えるようになりました。顔はうつむいているので、よくわかりませんが……。丸髷を結ってますから、既婚者なのでしょう。どういった理由でこの箱に憑いているのか……」

波田はぼんやりと宙に目を向ける。女が取り憑いている理由でもあれこれ推測しているのだろうか。その背後にいる女には気づいていない。彼の言うとおり、なにをするでもなく、ただ突っ立っている。

「それで、その幽霊を祓ってほしい、というわけですか」

孝冬はちらりと女に目をやり、波田に問うた。波田はわれに返ったようにまばたきをして、「ええ、はい」とうなずいた。

「富士御師には、祓えるひとはいませんか。いそうなものですが……」

「いるんでしょうが、民間の祈禱やまじないは禁じられてますし。──いや、実は、正直言うと私は実家をなかば強引に出てきたもので、あちらにはなかなか、頼るのが難しいのです」

恥じ入るように言い、波田はすこし目を伏せた。

「そうでしたか。それでなおさら、降矢氏はあなたを気にかけておられるのかな」

「降矢さんは──お父上のほうですが、故郷を大事になさっておいでで。富士講や御師のことも気にかけてらっしゃいます。ごたごたしましたからね。私なんかはそれで御師がいやになって、飛び出してきたくちですが」

「神仏判然令ですね」あっさりと孝冬は言うが、鈴子はよくわからない。「富士講は神道を受け入れることで存続を図ったんでしたね」

「迎合ですよ」苦々しげに波田は眉をよせた。「組織が残っても、中身がめちゃくちゃになってしまったら意味がないじゃありませんか」

孝冬はやさしげに目を細めた。「なるほど。それを受けとめられず、東京に出てらしたんですね」

「青臭いとお思いになりますか」気まずそうに、かつ恥ずかしげに波田は身じろぎした。

「いいえ。そうした軋轢《あつれき》は、うちでもありましたよ。葛藤《かっとう》はあって当然のことです」

明治になって、宗教の分野はたいへんな変革の波に揉まれて、神道界も紛糾したのだということを、前に鈴子は孝冬から聞いた。富士講にもそうした問題が起こったということだろう。

「脱線しましたね、すみません」孝冬は言い、「では、この硯箱をお祓いするということですね」と箱に手を伸ばした。

淡路の君が出てくる気配はない。この幽霊は好みではないということか、あるいはまだ腹が減っていないということか。

「それなんですが」

波田は孝冬の手を制止するように、箱の前に手を出した。

「できれば、この箱の出所を知りたいのです」

「出所？　おおもとの持ち主ということですか」

「そうです。やはりそれがわからないと、すっきりしなくて」

「はあ……」

孝冬は困惑気味に首をかしげる。「それなら美術商あたりに訊けばわかるのでは」

「美術商といっても、たくさんいますし……一度、降矢さんを通じて旧家の売立を多く扱う美術商に訊いてもらったことはありますが、はっきりとしませんでした」

「美術商にわからないものを、私がわかるわけもありませんが」

「見てわかったりは……その、霊視というんですか、千里眼みたいなことは」

「はは」

孝冬は笑った。さすがにうかつに鈴子のほうを見たりはしない。

「あんまり期待してもらっては困ります。神職は千里眼とは違いますよ」

「そうですか、いや、そうですよね。すみません。変なことを言って」

波田は恐縮した様子で頭をかく。

「ただ」と孝冬は言った。「憑いている幽霊の姿から、わかることはあるやもしれません」

「幽霊の姿――」

「青褐色の地に黄色い花模様の着物を着ているでしょう。五つ紋が入ってますね。家紋は揚羽蝶《あげはちょう》だ」

孝冬は波田の背後に佇む女に目を凝らしている。鈴子も彼女の出で立ちを注視した。胸に染め抜かれた家紋は、たしかに揚羽蝶だった。美しい紋だ。

波田は孝冬の視線を追ってふり向く。しかし視線はあたりをさまよった。

「い……いるんですか？　私は昼間は見たことがなくて」

うしろにいますよ、と言って驚かせるのも悪いと思ってか、孝冬はただ微笑しただけだった。

「この硯箱はそう古い物ではないようですし、家紋や背格好からなにかわかるかもしれません。わからないかもしれませんが。蝶の家紋を使っている家は多いですからね」

波田は紅潮した顔を孝冬に向けた。

「すごい、私は彼女の姿を見ても、家紋までは判別できませんでした。ほんとうにちゃんとしたかただったんですね。あ、いや、すみません」

「いえいえ、失礼しました。疑ってしかるべき案件ですよ。いくら降矢さんの紹介でもね」

波田は孝冬に硯箱を押し出した。蒔絵の金がきらびやかに輝く。女の着物にある金糸の刺繍が、おなじようにきらめいた気がした。

彼女を芝紅葉館で見かけた――と、鈴子は帰りの車中で孝冬に語った。

「紅葉館で……。なぜでしょうね」

孝冬は腕を組む。「波田さんもあの晩、あそこにいたのでしょうか」

「硯箱をお持ちになって？　どうでしょう」

「よくわかりませんね。あちこちをうろついているのでしょうかね、あれに憑いた幽霊は」

孝冬の目は助手席に向けられる。そこに風呂敷に包まれた硯箱が置いてあった。幽霊の姿は、いまはない。

「わからないといえば、波田様はどうして硯箱の持ち主をお知りになりたいのかしら」

「俗っぽい見方をすれば、もとの持ち主がわかることによって価値があがりますが――どこどこの名家の品である、というので」

「そういうかたではなさそうにお見受けしました」

「ひとは見かけによりませんが、私も同意見です。ただ単純な好奇心でしょうか」

それも違うような気がしたが、だからといってではなにかというのはわからない。

いずれにせよ、硯箱は預かってしまった。お祓いをしなくてはならないし、出所も調べなくてはならない。

「淡路の君は出てきませんでしたが……どうお祓いをなさるおつもり？」

「わかりません」

あっさりと孝冬は言った。「お祓いの祝詞をあげたところで、消えてくれるかどうか」

「では――」

「地道に調べてゆきましょう。そのつもりでしたので、波田さんの持ち主を知りたいという要望を聞き入れたのですよ。どのみち一緒だと」

孝冬は鈴子にほほえみかける。

「幽霊の、硯箱の足どりを追う……あなたの信念に適うかと思いまして」

「信念と言うほどでは……」

名残を追いたい――と、以前、孝冬に語ったことがある。幽霊は死んだひとの名残、生きていた名残だ。誰もがそれを目にするわけではない。死んだひとはいずれ忘れ去られる。だから鈴子はせめて、名残がとどまって残そうとしたものを知りたいと思う。

孝冬はそれを、『忘却への反逆ですね』と評した。大仰《おおぎょう》な言い回しは彼の癖だろう。

「まずは、その芝紅葉館であなたが見た女のことを調べてみましょうか」

「どうやって？」

「行くしかないでしょう」

芝紅葉館へ。

鈴子と孝冬が芝紅葉館へ向かったのは、夜だった。孝冬が頼んで、知人の出席する会合に形だけ加えてもらったのである。目的は食事でも酒宴でもないので、それでちょうどいい。鈴子と孝冬は館内に入るなり、座敷に向かいもせず、廊下をうろつきはじめた。

「これで見つけることができればよろしいのですが……」

広い館内をあてもなくさまよって、はたして再度見かけるなど可能だろうか。

「とはいえ、あの晩どんな客が来ていたか、訊いたところで教えてはもらえないでしょうし」

ここでは政治家の密談も行われるので、何事もおいそれと漏れはしない。地道に姿をさがすか、訊き込むしかない。

「とりあえず一巡りして、女中たちにもそうした女を見かけなかったか訊いてみましょう」

「では、手分けをいたしましょう。広うございますから」

紅葉館は表二階と呼ばれるこの棟のほか、離れ座敷、茶室、そのうえ増築された新館などがある。表二階の一階は十五畳が二間、十八畳が一間、十畳が一間あり、二階は十五畳二間、十八畳二間。新館は一階が三十五畳二間、二十八畳一間、二階も同様で、襖を外せば合わせて百畳敷の大広間となる。広いのである。

「しかし、おひとりでというのは」

孝冬は渋ったが、ふたりそろってやっていては、いたずらに時間がかかってしかたない。鈴子は新館のほうを、孝冬にはこちらを調べてもらう、と押し切った。

新館と表二階の棟は廊下でつながっている。庭の築山沿いにあるその廊下を進み、新館に入ると、三味線の音色と酔客の笑い声が障子越しに聞こえてきた。広間はにぎやかそうだが、廊下はしんとしている。角を曲がって縁側に出た。日本庭園に面した縁側だ。上階からも宴会のにぎやかな物音が聞こえる。奥に目を凝らし、ときおりふり返りつつ歩いても、あの女の姿は見えない。障子が開き、膳をさげる女中が小走りにやってくる。

「もし……」

と声をかけると、女中は足をとめた。尋ねる前に「お手水《ちょうず》でございますか？　それでしたらあちらの角を曲がって――」と口早にまくしたてるので、鈴子は手でそれを制した。

「いえ、違います。青褐色に黄色い花の模様の着物を着たご婦人をお見かけではございませんか」

ひと息に言うと、女中は一瞬ぽかんとして、「いいええ」と語尾を伸ばして答えながら大きくかぶりをふった。答えるとさっさと膳を手に立ち去ってしまう。ときおり座敷を行き交う女中におなじように問うても、答えは変わらなかった。

――でも、あの晩、たしかにいた……。

なぜだろう。なぜ、鈴子の前に姿を現したのだろう。

考えながら縁側の角を曲がったとき、向こうからやってきた人物とぶつかりそうになった。あわてて脇によける。相手はひと目で酔っ払いとわかる中年男性であった。実業家か政治家かわからないが、立派な背広姿である。しかし布袋《ほてい》様のように突き出た腹によって、ベストのボタンがいまにも引きちぎれてしまいそうになっていた。赤ら顔は布袋様のように福々しくはなく、酔いに目がとろんと据わっている。彼は鈴子を見て、おや、という顔をした。

「君みたいな子、ここにいたかね。新しく入った子かい？」

鈴子を芸妓と間違えているらしい。髷も化粧も着物の着方もまるで違うというのに、どうしたら見間違うのか。よほど酔っているようだ。

「ここの芸者は上品なのがいいね。すましてるというやつもいるがね、俺はいいと思うね。食い詰めたお公家のお姫さんだっているという話だし――」

ろくにろれつが回っておらず、半分以上聞きとれない。よろよろと左右に揺れながら近づいてくるので、鈴子はあとずさった。縁側から足を踏み外しそうになり、あわててそばの縁柱にしがみつく。その隙に男の分厚い手が鈴子の手首をつかんだ。

「細っこい手首だなあ、君、ちゃんと食べているのかい？　うん？　いかんよ、もっと食べて肥えなきゃあ」

男の声はべたべたと脂っこく、ねばついている。酒臭さが鼻をつき、鈴子は顔を背けた。酔っ払いに口答えしても無駄である。こうした酔っ払いを、鈴子は浅草の貧民窟でも繁華街でもいやというほど目にした。

――縁側から突き落としたら、さすがにまずいかしら。

さして高さのない縁側だから、怪我はしないだろう。酔いが醒めたあと覚えてもいないだろうし……でも怪我をしたら……と逡巡していると、男の手が顔のほうに伸びてきたので、さすがに振り払おうとした。だが、男の手につかまれた手首はびくともしない。振りほどこうとすればなおさらきつく力がこもる。酔っているから、力の加減がわからないのだ。痛みに顔をしかめた。振りほどけない。顎をつかまれて、酒臭い息がかかった。

「美人だねえ。こっちの座敷に来てさ、ひとつ酌をしておくれ」

芸妓と客の見分けもつかないくせに、美人かどうかわかるわけもない。

酒のにおいと無遠慮に身を拘束する力に嫌悪感がこみあげる。べたついた男の手が気持ち悪い。全身に鳥肌が立っていた。大声をあげて女中を呼ぼうか。来なかったら？　男は逆上するかもしれない。だが、このままでは座敷に引きずり込まれかねない。なんとか手を振りほどいて、逃げなくては――。めまぐるしく考えを巡らせた鈴子は、一度身を引いて、次いで押した。身を引いた鈴子の手首をなおも引っ張ろうとした男は、その勢いでうしろにのけぞり、尻餅をついた。鈴子はよろめいて縁柱につかまる。急いで逃げようとした鈴子の足首がつかまれて、つんのめった。ふり向けば、床に這いつくばった男が鈴子の足首をつかんでいるのだった。男の顔はさきほどより赤くなっている。酒ではなく、怒りのために。

「こ……この、芸者風情が――」

顔から湯気が出そうな形相《ぎょうそう》だった。われを忘れた人間の顔とはこうも醜く歪むのか、と鈴子は思った。男は鈴子の足首をつかんだまま、立ちあがろうとしている。逃げようにも、手首以上に強い力でつかまれていて、折れるのではと思うほど、痛い。男の力というのがこれほどまでに強いと、わかっているようで、わかっていなかった。悔しさと恐ろしさに胸が痛むほど冷え、足が震える。遠くに宴のざわめきが聞こえていた。

背後で床板のきしむ音がしたと思った。足音だ――とわかったときには、ゴッツと鈍い音が響いていた。鈴子の足首をつかむ男の手を、何者かの足が踏みつけている。何者か、ではない。孝冬だった。

ぐええっ、と蟇蛙《ひきがえる》のような声をあげて、男は手を押さえて悶絶している。孝冬は鈴子をすばやく引き寄せてうしろに押しやり、背にかばった。だから鈴子は、孝冬がどんな顔をしているのだか見えない。しかしその背中から冷えびえとした怒りが立ちのぼっているのは、よくわかった。

「た――」

孝冬さん、と鈴子が声をかける前に、前方から声がした。

「――大丈夫ですか」

しっとりとした、老齢の男の声だった。奥のほうの障子が開いて、背の高い老人が半身を覗かせている。彼は障子をそのままに、こちらに近づいてきた。鶸茶《ひわちゃ》色の御召の単衣に、それよりすこし薄い色合いの羽織を合わせた、趣味のいい着物を着こなした老人だった。髪はほとんど白くなっているが豊かで、口髭をたくわえている。穏やかそうな目をしていた。すくなくとも、酔漢ではない。

老人は床に這いつくばってうめいている男をちらと見て、そばに膝をついた。

「おやおや、手水からなかなか戻ってこないと思ったら。困りましたね、こんなところで酔い潰れてしまっては……」

「ああ、うう……」男はなにやら呻いて、かぶりをふっている。酔い潰れたわけではない、と言いたいのだろう。

「まさか、あちらのご夫妻に無礼を働いたわけではないでしょうね？　華族のかたですよ」

男はしゃっくりのような声を出した。目をまんまるに見開いている。

「元老とも親交があるという花菱男爵ですよ。まさか、ご存じないわけではないでしょう」

老人が男を見おろす目は冷ややかだ。どうやら、老人のほうが男よりも立場が上らしい。老人は開けたままの障子のほうをふり返り、「おおい、誰か手を貸してくれ」と呼ばわった。背広姿の男が何人か顔を覗かせ、ふたりほどがやってくる。彼らに抱えられるようにして酔っ払いの男は座敷へとつれられていった。障子が閉まるのを確認して、老人がふたたび鈴子たちのほうに向き直る。

「つれの者が失礼をいたしました。なにとぞご容赦《ようしゃ》のほど……」

深々と頭をさげる。孝冬の背中はこわばったままで、黙っている。鈴子は孝冬の背中から離れて、隣に並んだ。

「こちらこそ、助けていただきましてありがとうございました」

鈴子も頭をさげる。あのままだったら、孝冬はどんな行動にでたかわからない。それくらい殺気立っていた。

「いえいえ、ほんとうに申し訳ない」老人は恐縮したように手をふる。「あの者は酒癖が悪いのです。よく叱っておきます。お怪我はなさっておられませんか。あるいは、お召し物が汚れたりなどは」

大丈夫だと答えようとしたが、その前に孝冬が口を開いた。

「妻は怪我をしております。手当てをしたいので部屋を用意していただきたい。あと氷と手拭いも」

低く、凍りつくような声音だった。

「それはとんでもないことを……。すぐに用意いたします」

老人はうしろを向いて手をたたいた。すぐに障子が開いて、芸妓がやってくる。

「このかたたちを、空いている座敷におつれしてくれますか。ご夫人がお怪我をなさっておられるんだ、氷と手拭いも用意して。さっきのあの酔っ払いがね、怪我をさせてしまったんですよ。まったく、どうしようもない……」

芸妓はあわてていったん座敷に戻っていった。

「まことに、申し訳ございません」

老人はまた深々と頭をさげた。

「妻に無礼を働いたのはさっきの酔漢であってあなたではないので、あなたから謝っていただく必要はありません」

孝冬はぴしゃりと言った。

「それから、誤解なさっておられますが、元老と親交があったのは祖父であって私ではありません。変な誤解を広められても困りますから、訂正しておいてください」

この言葉に、老人は不思議とほんのりとした笑みを浮かべた。

「さようでございましたか……。それはもったいない」

「は？」

「花菱家のお力があれば、元老であろうと宮中であろうと、食い込むことは可能でしょうに……」

――宮中……？

鈴子がけげんに思ういっぽう、孝冬はさきほどまでとは違った目で老人を見すえた。警戒している。

「あなたは、どなたですか」

「これは、申し遅れまして失礼をいたしました。私は織物業を営んでおります、鴻善次郎《ぜんじろう》と申します」

あっ、と鈴子は声をあげるところだった。鴻。あの鴻氏か。

「鴻心霊学会の――？」

孝冬が言うと、

「はい、さようでございます」

と鴻は鷹揚にほほえむ。「いつぞやは、多幡家の件でお世話になりました」

孝冬は黙って鴻を眺めている。そこへ芸妓が女中をつれて戻ってきた。女中は氷嚢《ひょうのう》と手拭いを入れた桶を抱えている。

「どうぞ、こちらへ……」と芸妓に案内されるまま、鈴子と孝冬はあとにつづく。鴻はその場でふたたび深々と頭をさげて、ふたりを見送っていた。

鈴子と孝冬は、表二階の茶室へと案内される。ここは宴会の物音も遠く、静かだからだろう。

「孝冬さん、わたし、怪我というほどのことは……」

「足首をつかまれていたでしょう。打ち身とおなじですよ。冷やしておかなくてはいけません」

孝冬は畳に鈴子を横座りさせて、男につかまれた足を出させる。白い足首には赤い指の痕がついていた。孝冬は眉をひそめる。

「すみません。私があなたをひとりにしなければ——」

「いいえ、それを決めたのはわたしですから」

幽霊の女を追い求めることに夢中で、頭になかった。まさか、酔っ払いに絡まれるとは思いもしなかったのだ。いや、酔っ払いに出くわしても、浅草にいるころには見慣れたものだったから、適当にあしらえると思っていた。酔っ払いの腕力に抗えなかった悔しさとふがいなさとに、唇を噛む。己に度外れの膂力《りょりょく》があったら、投げ飛ばしてやったのに。

「甘く考えておりました。申し訳ございません」

「あなたが謝ることじゃない。悪いのはあの酔っ払いですから」

「そうですよ、奥様」と芸妓が手拭いと氷嚢を孝冬に手渡しながら言う。「酒乱の客には、あたしたちだって往生してるんですもの。ほんとうに、災難でございました」

芸妓の声音にはお愛想ではなく心からの同情がにじんでいる。実際、ああした客には困り果てているのだろう。

孝冬が手拭いの上から氷嚢を鈴子の足首にあてた。冷たくて気持ちがいい。

「こないだも酒に酔った客に、お銚子を投げつけられた踊り子がおりましてね——踊り子って、あたしたちみたいな給仕の者ですけど——、額を怪我して、かわいそうなことでございました」

「まあ……それはひどいわ」

鈴子は眉をひそめる。かわいそうどころの話ではない。傷害事件ではないか。

「ほかのお客様が介抱してくださって、お医者様も呼んでくださったので、まだよかったのですけれど。なにかのお祝いの会でしたけれど、主賓のお偉いかただって怒ってらっしゃいましたよ。でも、とうの本人は酔っ払いだから、気が大きくなっちゃって、そのお偉いさんにも悪態を吐いて。あとで謝りに行くはめになったそうですよ」

「怪我をした踊り子のかたには、謝罪なさったの？」

芸妓はぎゅうっと顔をしかめた。白粉《おしろい》に皺が寄る。

「まさか。たかが芸者ごときに、謝りはしませんよ。その酔っ払いが言ったんですよ、『たかが芸者ごとき』って。あたし、いえ、あたしだけじゃなく踊り子みんなですけど、もう腹が立っちゃって——ああ、すみません、無駄話を。でも、だからあたし、奥様が酔っ払いに怪我をさせられたって聞いて、ほんとうにお気の毒に思って……」

「どうもありがとう」鈴子は微笑を浮かべた。「その踊り子のかたは、お怪我の具合は？」

芸妓は眉をさげた。表情の豊かな芸妓だ。

「怪我はよくなったんですけど、もうお座敷にあがるのが怖くなっちゃって、踊り子は辞めてしまったんですよ。いまはお運びさんをやっております」

『お運びさん』はこの紅葉館で料理の膳を座敷まで運ぶ女中である。座敷まで運んだあとは、芸妓に渡して芸妓が客のもとまで運ぶ。だから座敷のなかには入らずにすむのだ。

「きれいな子で、踊りも上手だったので、もったいないんですけどねえ……ほんとうに、あの酔っ払いには腹が立つったら。箪笥の角に小指をぶつけて生爪が剝げればいいのに」

怒り心頭らしい。朋輩《ほうばい》が理不尽な暴力に晒されたあげく『たかが芸者ごとき』などと侮蔑の言葉を吐かれては、当然だろう。鈴子も聞いただけで胸が悪くなった。ことに若い娘が顔に傷を負ったとなると、そのつらさはいかばかりか。心の傷のほうも計り知れない。だが、酔客のほうはそんなことに欠片《かけら》も思い至りはしないのだろう……。鈴子は嘆息した。

「すみません、こんなご気分の悪い話ばっかり、あたしったら……もっと景気のいい話をしましょうか。といっても、あたしはちっとも景気がよくないもんですからね。お客様がたはいかがです？」

この芸妓のしゃべり口には愛嬌があり、いやなことを吹き飛ばす軽やかさがある。それまでずっと憂いを帯びた顔で鈴子の足を見つめていた孝冬が、微笑を浮かべた。

「私のほうで最近景気のいい話といったら、結婚したことですね」

「あらま、新婚でらしたんですか。それはそれは、おめでとうございます」

「ありがとう」

孝冬は照れたように笑う。芸妓はにっこりと笑った。

「ここにいらっしゃるお客様が、みんな旦那様のようなかたでしたら、いいのですけれど」

芸妓の声音は明るかったが、そのぶん、鈴子はその奥にひっそりと沈むかなしみを感じとって、目を伏せた。彼女もまた、怪我をした芸妓のような目に遭ってきているのだろう。

——誰もそんなふうに心を踏みにじられて、傷つけられていいはずがないのに。

芸妓はそれ以上、酔っ払いの話をすることなく、世間話をつづけた。鈴子の足首がじゅうぶんに冷えて、赤い痕が消えるのを待って、ようやく孝冬は「帰りましょうか」と腰をあげた。

「お世話様でございました」

鈴子が礼を言うと、芸妓は破顔した。「怪我がそうお悪くなくて、よろしゅうございました」と言い、玄関まで案内してくれる。

ふと孝冬が思い出したように、

「あなたは、青褐色に黄色い花の着物を着たご婦人を見かけたことはありませんか」

と、芸妓に尋ねた。鈴子も孝冬も、すっかり本来の用件を忘れていたのである。

藪から棒の問いに、芸妓はきょとんとしている。

「はあ……青褐色に黄色い花でございますか。さあ、覚えがございませんけれど。そのかたをおさがしなのでございますか」

「ええ、まあ。没落したお家の夫人で、行方知れずなものですから、折々訊いてまわっているのです。わけあって彼女の名は明かせませんが」

これまた孝冬は、上手に口からでまかせを言う。さがしているのが幽霊だとは、さすがに言えぬことである。

「さようでございましたか。気に留めておくようにいたします。ほかの者にも伝えておきましょうか？」

「そうですね、お願いします。ああ、着物には揚羽蝶の家紋が入っています。五つ紋です」

「揚羽蝶の家紋でございますね。覚えておきます」

芸妓はうなずき、請け合った。

見送られて玄関を出ると、外はすっかり夜が更けている。

「足は痛みませんか」

孝冬が心配そうに鈴子の顔を覗き込む。鈴子はすこし笑みを浮かべた。

「大丈夫でございます。介抱していただいて、元気になりました」

孝冬とあの芸妓のいたわりが、鈴子の心に染みて、悔しさも苦しさもやわらいでいた。怪我をした芸妓の心の傷も、どうかそうして癒えているようにと、鈴子は願った。

「こちらの調べはおせきさんにお任せするとして――」

『おせきさん』というのは、さきほどの芸妓である。

「家紋から辿ってみるとしますか」

「あの家紋から……」

鈴子は夜の闇を眺める。湿り気を帯びた暗闇のなか、ほの白く輝く蝶がふわりと飛ぶ姿を、見たように思えた。

蝶の家紋といえば桓武平氏《かんむへいし》の代表紋で、公家にも武家にもこの家紋を用いている家は多い。紋としてのその形の比類ない美しさゆえに、愛される紋である。

「丸髷の既婚者とすればあの家紋は女紋で、嫁ぎ先の家紋ではないでしょうね」

帰宅途中の車のなかで、孝冬が言った。鈴子はうなずく。女紋は女性が使う紋で、嫁いだあともそれを使う。実家の家紋であることもあれば、母のそのまた母、といったふうに母系でずっと引き継がれてきた紋であることもあり、その女性がこれと決めて使いはじめた紋という場合もある。いずれなのかわからないが、ともかく婚家の家紋ではなかろう。

鈴子は実家の家紋である違い鷹の羽を使っている。

「あれだけの蒔絵の箱を作らせるとなると、それなりの家でしょうし、華族である可能性は高いでしょう。しかもそれを売り払っているのだから、没落した華族です。より可能性の高いほうからあたってゆくのが妥当ですね」

「そうなると、公家華族……」

鈴子のつぶやきに、今度は孝冬がうなずいた。

「そちらから調べてみましょう。公家で蝶の家紋といったら、西洞院《にしのとういん》子爵、平松《ひらまつ》子爵、交野《かたの》子爵、長谷子爵、石井子爵……ぱっと思い浮かぶだけでこれだけありますね。あとは調べてみませんと」

「千津さんに訊いてみましょうか。公家については詳しいひとですから」

「そうしていただけると助かります」

――翌日、鈴子はさっそく瀧川家に電話をかけた。

「揚羽蝶の家紋？　桓武平氏の裔《すえ》が使っているでしょう」

千津はさらりと答えてくれる。

「桓武平氏の流れの西洞院、そこからわかれた平松、石井、長谷、交野。ざっとこのあたりが蝶紋でしょう。あとは——え？　没落した家で？　そうねえ……」

しばしの沈黙のあと、そういえば、と千津は言った。

「御倉《みくら》家は借金がかさんでどうにもならなくなって、関西の親戚のもとへ身を寄せたんじゃなかったかしら」

「御倉家？」

「そこが揚羽蝶の家紋だったはずよ。あのお家は山師の口車に乗って事業に手を出してしまってね、それがいけなかったのよ。ご当主は真面目なかただったわ。息子はいなくて、お嬢さんがおふたりいらしたと思うけれど。たしか上のお嬢さんは、資産家のもとへ嫁いだはずよ。それでもどうにもならなかったのね。いまごろどうなさっているのかしら」

「そのお嬢さんのお名前はおわかりになる？」

「なんておっしゃったかしらねえ……ああそう、上のお嬢さんが未央子《みおこ》さんで、下のお嬢さんが君子《きみこ》さんだったと思うわ」

名前の漢字を教えてもらい、帳面に書きとめる。

「そのお家のこと、もっとおわかりになる？　詳しくお訊きしたいのだけれど」

「じゃあ、午後にでもこちらにいらっしゃいよ。それまでに事情を知っていそうなひとに訊いておいてあげるわ」

「ほんとう？　どうもありがとう。助かります」

「なにを調べているのだか知らないけれど、ほどほどになさいよ」

千津は笑って電話を切った。彼女は昔から、鈴子が突拍子もないことを尋ねるのには慣れている。だいたいが幽霊絡みであったので、今回もそうと見当をつけているのだろう。

鈴子は令嬢の名前を記した帳面を見つめる。

――御倉家……資産家に嫁いだ令嬢……。

鈴子の脳裏に、きらびやかな蒔絵と着物がよみがえった。

昼食をすませた鈴子は、千津のもとを訪れるため、着替えていた。どの着物にするかで頭を悩ませているのは、タカである。

「千津様ご自身は粋な格好をお好みですけれど、奥様に関してはかわいらしい格好をなさるとお喜びになりますから、やわらかい色味で、花や蝶の柄がよろしゅうございましょう」

招かれたとき、着て行く物はその相手のためを思って選ぶものである。

「ですが、あんまりかわいらしいと未婚の令嬢のようですからね。さじ加減が難しゅうございますね」

「このお着物、すてきですねえ」

目を輝かせているのは、わかである。彼女はなにをどう合わせるかなどわからないので、ただ並べられる着物や帯に感嘆するばかりだ。

灰色がかった水色の地に、白い紫陽花を描いた友禅の単衣、桜鼠の帯もまた紫陽花の柄で、花には蝶がとまっている。羽織は一見無地のような、白地に流水の地紋を入れた紋紗で、銀糸を織り込んであるので動くたび水面のようにきらめく。さらに流水はところどころ銀糸の刺繍をほどこしてあった。羽織紐は水晶を連ねたものを選ぶ。帯揚げと帯締めは帯に馴染む薄鼠、帯留めは真珠をみっつ並べたもので、羽織紐の水晶と調和している。

「少々地味でしょうか」

とタカは心配するが、

「じゅうぶんよ」

と鈴子は答える。一見地味だが凝ったこの羽織などは、千津の好みに合うだろう。

絽縮緬に百合を刺繍した半衿を、わかが手際よく長襦袢に縫い付ける。手を動かしながら、わかは「髪型はどうなさいますか？」と訊く。

「髪型はこれでいいけれど、髪飾りをどうしようかしら」

結った髪には簪でも櫛でもなにかしら飾りをつけるもので、なにもつけないということはない。

「蝶の簪はいかがです？」

タカが提案したのは、銀細工と七宝で蝶を象った束髪簪である。鈴子は賛成した。着替えをすませて、一度髪をほどき、結い直してもらう。外出となると、まことに用意に手間がかかる。

「最中《もなか》でよかったかしら」

わかに髪を梳いてもらいながら、鈴子は鏡越しにタカに問いかける。

「千津様はあの最中がお好きでございますから、お喜びになりますよ。日本橋まで買いに出かけるのは億劫だとおっしゃってましたし」

日本橋にある菓子屋の最中が、千津の好物のひとつなのである。それを手みやげにしようと、宇佐見と由良に買いに行ってもらっている。午前中に買うこともできたが、あまり早くに買っておくと、皮が水気を吸って湿ってしまうのだ。鈴子はしんなりとした皮も好きだが、千津はパリッとしているのが好みだった。

「最中、おいしいですよねえ」

わかがうっとりとした顔で言う。彼女はきれいな着物も、おいしい食べ物も等しく大好きなようだ。

「多めに買うよう頼んだから、あなたも食べればいいわ。ほかの者たちにも配ってちょうだい」

「わあ、いいんですか？　ありがとうございます」

ぱっと顔が輝く。ほんとうにわかりやすい。

「わかは、食べ物ならなにが好きなの？」

尋ねれば、

「なんでも好きです」

と返ってくる。タカが「あら、奥様とおんなじ」と言った。これは『おなじ食いしん坊だ』という意味である。

「青竹様のところではあんまり食べられなくて、おつかいに行ったついでにお団子を食べたり、天ぷらや鮨《すし》におでん、鍋焼きうどんなんかの屋台を近所に見つけてこっそり食べに行ったり」

えへへ……とわかは恥を告白するように笑う。天ぷら、鮨、おでんは人気があって数も多い三大屋台である。若い娘がほいほいと立ち寄るたぐいの屋台ではないが。鍋焼きうどんは明治のころから流行りだした屋台で、寒い夜にはことに繁盛している。凍るような夜の路地ですする鍋焼きうどんなど、格別だろう。さらに甘味としては屋台の団子屋もあれば菓子箱を提げた菓子売りもいる。といった具合に街のそこここに食べ物の屋台だの呼び売りだのがいるから、ついつい食べたくなるのは鈴子にもよくわかる。お腹《なか》を空かせているならなおさら。

「あんまり食べられないって、青竹様はずいぶんな吝《しわ》い屋だこと」

タカが言うと、

「ああ、いえ、青竹様は食が細くて、ご飯にお漬物とお味噌汁があればじゅうぶん、というかただったので……。多めに作るともったいないって叱られましたし」

「若い子にそれじゃ、足りないでしょうねえ」

「青竹様は、若いころからこんなものだったとおっしゃってましたけど……あたしが大食らいなんだって」

「体を動かして働いている娘と深窓のご令嬢じゃ、そりゃあお腹の減り具合だって違うでしょうよ。そんなことも想像つかないのかしらね、その青竹様っておひとは」

深窓のご令嬢として、知ろうとすること自体を無用のもの、あるいははしたないと言われて育ったのであれば、想像力も育つまい。そうであるなら、青竹も気の毒なひとである。

「……青竹様は、なにをお好みだったのかしら」

ふとそんな問いが口をついて出る。

「食べ物のお好みですか？」

「いいえ、食べ物に限らず……なにか日々の楽しみはおありなのかしら、と思って」

「そうですねえ、笛はお好きなようで、ほとんど毎日吹いてらっしゃいましたよ」

「笛？」

「そういうお家だったとか……」

「ああ、家職が笛だったのね」

公家のなかには代々決まった家職を担う家があった。神楽や琵琶、箏《しょう》、笛などといったものから、和歌や学問、装束、庖丁といったものまであった。こうした芸事を独占的に教えたり免許料を得たりと、公家にとっては貴重な収入源となっていたのだ。しかしこの制度は明治になって廃止されてしまい、公家をさらに困窮させることとなった。

「あたしには上手かどうかちっともわかりませんが、青竹様は笛の名人だったそうですよ。その道を極めたかったようなんですけれど、お父様にとめられたそうです。あんまり芸事に熱心になられては困ると。嫁のもらい手がなくなるって」

「あら、青竹様っておひとりなんじゃなかった？」

タカが口を挟む。

「一度ご結婚なさってるんです。でも、気に食わなくて一年で婚家を出て実家に戻ってきたって」

華族のそんな話は案外、耳にする。嫁いださきから追い出されることもあれば、嫁のほうからさっさと実家に帰ってしまうこともあった。めずらしいから覚えているだけかもしれないが。

「それから好きなだけ笛を吹いてらっしゃるそうですから、楽しんでらっしゃるのだと思いますよ」

「そう……」

「好きなことだけやっていられたら幸せ、ってこともないんでしょうけどねえ」

「あたしは毎日好きなだけお団子が食べられたら幸せですねえ」

タカとわかの会話を頭の上で聞きながら、鈴子はべつのことを考えていた。

――家職……そう、公家には代々決められた家職があるのだわ……。

胸の奥底から水がしみ出すようにして、思い出される記憶があった。浅草でのこと。あの貧民窟で。

貧民窟は社会のあぶれ者、転落者、ならず者の吹きだまりだが、そういったところにも秩序はある。いや、独自の秩序がなくては、そうした場所はたちまち崩壊する。そして秩序をつくり出しているのは、元締めの存在だった。

鈴子の暮らしていた貧民窟にも、元締めはいた。元締めは盲人の按摩《あんま》だった。腕っ節が強いうえにほうぼうに顔が利き、女にも非常に持てた。貧民窟にありながら、たいそうな屋敷に住んでいた。たいそうな、と思ったのは鈴子が貧民窟のあばら家や木賃宿しか知らなかったからだが。

按摩には検校《けんぎよう》などの称号があるが、これを許可する役目を家職として受け持っていた公家があった。久我《こが》という清華家のひとつ——つまり名門である。侯爵家だ。

貧民窟の元締めは、そうした関係からなのかどうか、久我家となんらかのつながりがあったらしく——といっても分家のそのまた分家のような相手らしいが、ともかくそのおかげで融通の利くこともあったようだ。

鈴子がなぜこれを思い出して考え込んでいるかというと、銀六である。華族の家に勤めていたらしい銀六、彼は伝手を頼って浅草の貧民窟に転がりこんだ。この伝手というのが、元締めの按摩だった。彼と知り合いだったのだ。華族の使用人だった銀六がなにをどうやって貧民窟の元締めと知り合うのか。

知り合いだったのは、元締めとつながりのあった、久我家の親類なのでは——。

鈴子は動悸《どうき》がしてきた。息が浅くなる。

——銀六さん……。

あの当時、鈴子とともに暮らしていた者のなかでは、彼がまとめ役であり、父親のようでもあった。愛想のいいひとではなく、口数もすくなく、一見すると怖いひとのようだったが、子供にはやさしかった。面倒見もいいひとだった。老いて弱った虎吉に対しても、文句を言いつつもなんだかんだで疎漏《そろう》なく面倒を見ていた。

貧民窟に住む者は、誰しも過去を語りはしない。黙々と毎日を生きるだけだ。だから銀六も、虎吉も、テイも、貧民窟に至るまでのことをつまびらかに話しはしなかったし、誰も訊きはしなかった。だが、欠片も出自を見せないことは不可能だ。話の端々にそれまでの暮らしがにじむものだし、うっかり口をすべらせることもある。虎吉は昔の街の姿をよく語ってくれた。自分のことではなかったが、街並みを語るうちに、彼の立ち位置がわかる場合もある。彼は武家の屋敷町のことをよく知っていた。鈴子によく教えてくれた。虎吉がかつて身を置いていたのは、その辺りだったのではないか。

そんなふうに、考えてゆけばわかることは、もっとあるはずだ。

——銀六さんの勤めていた家は、久我家の親類縁者だったのかもしれない……。

もっと思い出せることはないか。あのころの日々のなかで。

胸が痛い。当時を思い出すことは、無残に喪《うしな》われた命に思い至ることだった。滴る血の色が、いつでも鮮やかによみがえる。鈴子を浅草に戻すまいと、必死に引き留めた銀六たちの血まみれの姿。

──ああ。

「奥様……奥様！」

はっと目を開ける。明るい昼の日差しが広がった。鏡に顔色の悪い鈴子が映っている。その顔を心配そうに見つめるわかとタカの姿も。

「大丈夫でございますか？」とタカが尋ねる。

「ええ……、居眠りをしていたみたい」

「悪い夢をご覧になったんですか？　それなら、お話しになったほうがいいんですよ。怖くなくなりますから」

わかの言葉に、鈴子は笑みを浮かべた。

「どんな夢だったか、もう忘れてしまったわ」

「あら、それなら、思い出さないほうがいいですね」

──思い出さなくてはいけないのよ。

鈴子は胸のうちでひっそりとつぶやいた。

出迎えた千津の出で立ちは、相変わらず粋で格好がよかった。濃紺と縹の縞に銀糸を通した御召に、白地に墨絵で蓮の葉と蛙を描いた夏帯、羽織は黒い紗で、流水と白鷺《しらさぎ》が描かれている。さしずめ蛙を狙う白鷺といった趣向だろうか。帯留めは翡翠とダイヤモンドをあしらってある。ウェーブをつけた束髪に挿した簪も翡翠で、そちらは蝶を象っていた。

鈴子が持参した最中が茶とともに運ばれてくると、千津は手を打ち合わせて喜んだ。

「あら、うれしい。雨のなか買いに行くのも億劫だから、この最中もひさしぶりよ」

手にとって半分に割ると、さくっと皮が崩れて、香ばしいかおりがした。

「そうそう、このさっくりしたのがいいのよ。餡も水っぽくなくて、小豆がしっかりしてて」

千津は喜色満面である。最中にしてよかった、と鈴子は安堵した。

「あなたったら、ちっともこちらには顔を見せないんだもの。そろそろ顔を忘れてしまうところだったわ」

最中を食べながら、千津はそんなことを言う。

「嫁いで早々に実家に入り浸るほうが変でしょう」

「雪子たちとはしょっちゅう食事に行っているというじゃないの」

「しょっちゅうというほどじゃありません。今月の半ばに天ぷらを食べに行ったのと、このあいだお兄様たちも交えて食事会をしたのと」

「しょっちゅうじゃないの。私も加えなさいよ」

どうやら仲間はずれにされてご立腹らしい。拗ねている。

「千津さんも今度は一緒に、という話はしておりますから、いずれ」

「いずれじゃいやよ。明日にしましょう」

「そんなに急では、孝冬さんの予定がどうだかわかりませんから――」

千津は剣呑《けんのん》なまなざしを鈴子に向けている。切れ長の目が怖い。

「――訊いてみます」

「そうしてちょうだい」

瀧川家の頂点に君臨《くんりん》しているのは、この千津であろう。雪子と朝子だって千津には敵わない。嘉忠など言わずもがな。

「それで、御倉家のことよね、知りたいのは」

ひとしきり近況を問いただしたあと、千津は本題を口にした。

「麻布の叔母様にお訊きしたのよ。あのかたなんでもご存じなんだもの」

「ご存じでしたか」

「ご存じだったわ。あのかたが回顧録でもお出しになったら、華冑界《かちゅうかい》はひと騒動ね。でも、ご
――御倉さんはね、やっぱり関西の親戚のほうに身を寄せてらっしゃるそうよ。でも、ご

夫婦だけ。上のお嬢さん……未央子さんね、このかたは資産家に嫁いだのだけど、そのご主人が事業で失敗したらしくて、そのうえ女遊びのひどいかたで、花柳病を移されたのですって」

千津は眉をひそめた。

「それをご主人はあべこべに、未央子さんが不貞を働いたんだろうとひどく責めて、おかわいそうに、未央子さんは首をくくって亡くなったそうなのよ。そう、亡くなってらっしゃるの。まだお若いかただったのにねえ……そのうえ、ご主人は借金を返すために未央子さんの遺品をことごとく売り払って、でも亡くなりかたがそれだから安く買いたたかれて、役立たずの嫁だって——ああいやだ、私、聞いているだけで気持ちが沈んでしまったわ。あなた大丈夫？　でもね、このご主人、それから数ヶ月後に頓死なさったそうよ。未央子さんの祟りじゃないかしら、って麻布の叔母様は言ってらしたわ」

鈴子は考え込む。資産家の夫が売り払った遺品に、蒔絵の硯箱があったら——。

「……関西にお移りになったのがご夫婦だけなら、下のお嬢さんはどうなさったの？」

「ええ、それね。親戚からは知人の資産家との結婚をすすめられたそうなのだけど、これが七十のお爺さんの後家にというのよ。いくらなんでも、あんまりでしょう。お嬢さんは当時、十七歳だったのよ。ご両親もさすがに反対なさるかと思ったら、ぜひにと話を進めようとするから、お嬢さん、関西には行かずにこちらに残ったそうよ。それはそうよねえ。私でもそうするわ」

「でも、残るといったって――」

「行く当てのない公家華族のお嬢さんに残された道といったら、結婚か妾か娼妓、そんなものよ」

千津は唇の端だけで笑う。「悪い輩に騙されて、場末の酌婦に売り飛ばされることだってあるのだし」

鈴子は千津が芸妓だったころを知らない。ときおり千津が話してくれることもあるが、そうでないかぎりは、訊かなかった。

「それで、お嬢さん……君子さんでしたか、そのかたは？」

「芸妓になったそうよ。どこの花街かは知らないけれど」

「芸妓に……」

なんとはなしに全貌が見えてきたようで、見えないようでもある。だが、おそらく駒は揃っているのだ。

「――どうもありがとう、千津さん」

礼を言い、鈴子は腰をあげた。

「明日の食事、忘れないでちょうだいね」

見送りに出た千津は、そう念を押した。

タカを伴い花菱邸に戻ると、御子柴が「さきほど芝紅葉館の使いの者が、お手紙を届けに参りましたよ」と知らせた。すると由良が「御子柴さん」と妙にあわてた様子で袖を引いた。

「どうかして？」

「いえ——その」

由良は口ごもる。

「お手紙は、どなたから？」

「由良が預かったはずですが」

御子柴の言葉に、由良はしぶしぶといった様子でお仕着せの懐から手紙を取り出した。

紅葉の模様が入った封筒だ。裏に『せき』と書かれている。

「ああ、おせきさん」

「ご存じですか」

「紅葉館の芸妓よ」

「やはり」

由良の表情を見て、鈴子は思い至る。

「おせきさんには、頼み事をしていたのよ。変な相手ではないから、安心してちょうだい」

おそらく孝冬の愛人だとでも思ったのだろう。由良は「はあ……」とまだ半分疑ってい
そうだった。

「旦那様の愛人からの嫌がらせの手紙だとでもお思いになったんですか」

タカが目を丸くしている。「それはないでしょう、あの旦那様に限って。でも、それを
慮《おもんぱか》って手紙を出し渋ったんですか。あらまあ、おやさしい」

由良がきまりの悪そうな顔をしている。

「よく事情も知らないのに、主人宛ての手紙を隠そうとするなどもってのほかだぞ」

御子柴が厳しい表情で叱責する。

「申し訳ございません」と由良は鈴子に謝った。

「いいわ。気を遣ってくれたのでしょう。どうもありがとう」

淡々と礼を述べると、由良は目をそらして顔を伏せた。

由良のことを無表情で冷ややかな青年だと鈴子は思っていたが、意外と直情的なのかも

しれない。

――だからなおさら、孝冬さんのことを主人として受け入れがたいということかしら。以前の主人、孝冬の兄を慕っていたのなら。

――孝冬さんのことを、偏りのない目で見てくれるといいのだけれど……。

あたたかい心のある者ほど、よくも悪くも、それは難しいのだろう。

孝冬もそれをわかっていて、あきらめている節がある。どうにかできればいいのだけれど――と鈴子は思うが、あまりでしゃばるのもかえってよくないだろうと、内心やきもきしている。

鈴子は手紙を手に私室へ戻る。タカには「すこし休みたいから、ひとりにしてちょうだい」と告げて、さがらせた。

椅子に座ると、さっそく封を開ける。なかに入っていた便箋は、紅葉館の備品なのだろう、罫線の引かれた端に『紅葉館』の文字が印刷されていた。書いてある文は短い。

――給仕にかの夫人を見かけた者あり。紅葉館に来られたし。

とあった。

その日の夜、鈴子は孝冬とともに紅葉館へ向かった。先日の夜とは違い、座敷をとってある。そこへせきが料理の膳を運んでくる。もうひとり、芸妓ではなく女中が座敷のなかまで膳を持ってきた。二十歳をいくつか過ぎた年ごろの、きれいな娘である。

「お手紙に書いた、ご夫人を見たというのはこの子ですよ。ねえ、お君ちゃん」

お君、と呼ばれた女中は、青白い顔を伏せて、「はい……」と力なく答えた。

「ひとりで大丈夫？　こちらの御方はお酒を召し上がらないから、怖がらなくっていいからね」

せきはやさしい声をかけ、鈴子たちには、

「ほら、前にお話ししましたでしょう。酔っ払いに怪我させられた子のこと。この子なんですよ」

と言った。見れば、たしかに額にまだかすかな傷痕があった。

「お君さん……君子さんとおっしゃるのかしら」

鈴子が声をかけると、女中ははっと顔をあげた。品のよい瓜実顔《うりざねがお》の、目の美しい娘だ。

「あとはこちらで」と孝冬が促し、せきは座敷を出ていった。

「――御倉君子さん」

改めて呼びかけると、君子は不安げな表情ながらも、まっすぐ鈴子に目を向けた。

「どうしてわたしのことを、ご存じなのですか？」

推測というほどのこともない、千津から君子は芸妓になったと聞き、先日の酔っ払いが公家のお姫様がどうのと言っていたのを思い出して、そうではないかと思っただけである。

鈴子は答える代わりに、かたわらに置いてあった風呂敷包みを君子のほうへと押し出した。

「開けてご覧になって」

君子はいぶかしげな視線を鈴子に向けるが、黙って風呂敷包みをほどく。包んであったのは、蒔絵の硯箱だ。君子がはっと息を呑んだ。

「これは……」

「あなたのお姉様、未央子さんの物でございましょう？」

君子は鈴子の声も耳に入らない様子で、箱に見入っている。

「未央子さんのお名前の字を聞いたときに、はじめて思い至りました。その蒔絵のお花は、未央柳《びようやなぎ》なのですね」

鮮やかな黄金の花だ。長く、高く伸びたおしべは繊細で美しい。

「……姉のお嫁入りのさいに、両親が作らせた物です」

かすかな声で、君子は答えた。

「お相手のかたが資産家で、多額の支度金をくださったので……」

そう言って、沈黙する。うつむく彼女のうしろに、未央子が立っている。あの未央柳の着物姿で。ようやく顔が見えた。君子とよく似た、品のいい瓜実顔だ。伏せ気味にした目を縁取る睫毛は、未央柳のおしべのように長くつやめいている。顔に表情はなかった。君子に教えてやったほうがいいのかどうか、鈴子は判断しかねた。

孝冬が口を開いた。

「君子さん、あなたが見かけたご夫人というのは……」

「姉でございます。もっとも、生きている姉ではございませんが」

箱に目を向けたまま、君子は言った。孝冬は軽くうなずく。

「そちらの箱は、さるかたからお祓いのために預かったものなんですよ。私は神職で、お祓いもするものですから」

「お祓い――」

君子が顔をあげた。

「では、姉はこの箱にも取り憑いているのですか？」

「この箱にも、というと？」

君子はふたたびうつむいたかと思うと、帯のあいだからなにかをとりだした。それを畳の上に置く。櫛だった。半月型の黒鼈甲《くろべっこう》の台に蒔絵で未央柳が描かれている。硯箱の蒔絵とまったくおなじ絵柄だった。

「この櫛は嫁ぐ前の姉からもらったものです。嫁入り道具のひとつだったのですが……わたしに持っていてほしいと」

君子は膝の上でこぶしを握りしめた。

「姉の嫁ぎ先はたしかに資産家でしたが、もう六十に近い御方で、妻は三人代わっておりました。妾は何人いたのだか知りません。凋落した公家華族に妙齢の娘がいるとわかると、そんな人々が蠅のようにたかってくるのです。わたしたちは死人と変わりません。父も母も彼らに喜んで死肉を与えようとするのです。自分たちの持ち物のように」

青ざめた君子の頰はひきつっている。鈴子はちらと背後の未央子を見やる。彼女の顔にはやはり悲哀も怒りもなかった。もはやそうしたものはなくなっているのだろうか。

「姉は嫁いで三年で死にました」

君子はそう言っただけで、詳しく語ろうとはしなかった。

「それからです。ときおり姉の姿を見かけるようになったのは」

部屋の片隅に、庭木の陰に、雑踏のあいだに、姉の姿を見た。嫁入り道具のひとつとして誂えた、青褐色の地に未央柳の花を描いた着物を着て佇んでいた。

「怖いとはちっとも思いませんでした。わたしと姉は同志でしたから」

「同志？」

「死人のように扱われたって、わたしも姉も意志のあるひとりの人間なのだから、屈することなく生きてゆこうと励まし合っておりました。でも……」

姉は死んでしまった。君子は己の手を見つめる。

「姉があんなひとのもとへ嫁ぐことを決めたのは、わたしがいたからでもあったと思います。姉だけだったら、結婚なんてせず家を飛び出して、逃げていたでしょう。──いえ、こんなことなら姉とふたりで逃げていればよかった。でも、姉は死んでしまいましたから、わたしは姉のぶんまで、姉がしたかったように生きたいと思いました。それを姉も近くで見守ってくれていると、そう思えたのです」

君子は蒔絵の櫛を手にとった。

「この櫛を挿して、お座敷に出ておりました。そうすると、姉がすぐそばにいてくれるようで。華族の令嬢が芸妓だなんて、と眉をひそめるかたもおられるでしょうが、わたしは、お座敷に出るのは好きでした。踊りは得意でしたし、お客様も喜んでくださって。わたし、生まれてはじめてひとのお役に立てていると思えて、うれしかった……。お座敷に出られなくなったいまのわたしに、姉は、がっかりしているに違いありません。言葉を交わせたら、もっとしっかりなさいと言われるでしょう」

力なく君子は笑った。

「そんなことは――」

ないでしょう、と鈴子は言いたかったが、実際未央子がどう言いたいのかはわからない。未央子の顔を眺めるも、その表情は変わらない。

「君子さん」

鈴子は彼女の背後を指さそうとした。そこに未央子がいる。なにを考えているのかはわからないが、いまも君子を見守っている。

だが、鈴子が指さす前に、襖が開いた。ちょうど未央子のうしろにあった襖である。その瞬間、未央子の姿はふうっと消えてしまった。代わりにそこに立っていたのは、波田だった。

「あっ、すみません。声もかけずに」

いきなり襖を開けてしまった波田はあわてる。「硯箱の持ち主がわかったと聞いて、急いでしまって――」

「かまいませんよ。どうぞ、お入りください」

孝冬が愛想よくうながす。波田は頭をさげて部屋に入ってきた。孝冬は、波田もここに呼んでいたのである。

畳に腰をおろした波田は、君子をひと目見て、「あっ」と声をあげた。君子のほうも、波田を見て「あ……」と口を押さえる。

「いつぞやは、どうも――」

波田は明らかにまごついて、口ごもった。対する君子は波田に向き直り、畳に手をついて深々と頭をさげた。

「その節は、お世話になりました。おかげさまで、傷もよくなっております」

「ああ、それはよかった」

揃って首をかしげる鈴子と孝冬に、波田は照れたような笑みを向ける。

「いや、その、大したことはしていないのですが、以前ちょっと――」

「前に怪我をしたさい、こちらのかたが介抱してくださって、お医者様も呼んでくださったのです」

君子がすみやかに説明した。

「ああ、では、酔客に怪我をさせられたときの」

孝冬がぽんと膝を打つ。そういえば、と鈴子は思い出した。怪我をした君子を介抱してくれた客がいた、という話をせきもしていた。それが波田だったのか。

奇妙な縁もあるものだ――と思い、いや、と思い直す。

「波田様……この硯箱をお買い求めになったのも、持ち主を知りたいと望んでいらしたのも、もしや……」

語尾を濁したのは、武士の情けというものである。

——君子に惚れていたからではないのか。

芸妓のときの君子は髪にこの櫛を挿していた。おなじ図案の硯箱を見つけて、つい買ってしまった。さらには、もとの持ち主を知りたいと思った——君子と関係のあるひとかもしれないから。なぜそう回りくどいことをするかと言えば、君子はあの晩よりあとは芸妓を辞めて、女中として座敷には現れなくなったからだ。芸妓の誰かに訊けば、事情はわかったかもしれないが——。

波田は真っ赤になり、額には汗がにじんでいる。彼は気安く芸妓に話しかけられるひとにも思えない。

「い、いや、その、変なことではないんです。ほんとうにただ、気にかかっただけで——」

「おやさしいのですね」

鈴子はそう言うにとどめておいた。

「君子さん、こちらの波田さんはその硯箱を買ったかたです。それで、お祓いとともにもとの持ち主を知りたがっておいででした。波田さん、硯箱の持ち主は、こちらの君子さんの亡くなったお姉さんでしたよ」

孝冬がさらりと端的に両者に説明する。君子と波田は、それぞれ説明を理解するのに一拍おいた。

「ああ……そうなのですか」

と君子は半分けげんそうな面持ちで言い、

「お姉さんでしたか……」

と波田は気の毒そうな声を発した。

「姉がどうも、お騒がせしましたようで、申し訳ございません」

君子は波田に向かって頭をさげた。波田はあわてて手をふる。

「いえ、お騒がせなどと、そんなことは」

「未央子さんは、櫛や硯箱を媒介として現れていた、といったところでしょうか」

孝冬が分析じみたことを言う。櫛や硯箱があったから、未央子は姿を現せたのだろう。

――でも、それだけじゃなく……。

単に硯箱を買い求めたから波田のもとに現れたのではなく、もっと意味があるのではないか。

鈴子はそう思う。

「怪我をなさった君子さんを介抱してくださったように、波田様に、いままた君子さんを手助けしてほしい、という思いの現れだったのやも……」

鈴子が言うと、波田が反応する。

「いままた……とは、どういうことですか？　まだお困り事が？」

「君子さんは、あれ以来お座敷にあがるのが恐ろしくなって、いまは女中をなさっておいでなのです」

「ああ――」

波田は気の毒そうな目を君子に向けた。

「そうでしたか。それはそうでしょう」

「不甲斐ないことで、お恥ずかしいかぎりです」

君子はうつむく。

「それは違う」

波田がきっぱりと、力強く言った。

「あなたは傷を負っているんですよ。顔だけじゃない、心にも。養生が必要なのは当然ですし、芸妓に戻れなくても無理もないほどの被害を受けているんですよ。それを恥じなくてはならないのはあなたに怪我を負わせた者であって、あなたじゃない」

波田の口ぶりは堂々としていて、君子を慰めるために言っているのではなく、それが至極当然と思う者の言葉であったので、鈴子の胸にまでしみじみと響いた。同時に思う。未央子は君子に、波田のこの言葉を聞かせたくて、ここまで導いてきたのではないか――と。あなたは悪くない。そう励ましたくて。

君子は両手で顔を覆った。肩が震えている。声を押し殺して泣いていた。いままでどれだけ、こうして声も出せずに泣いてきたのだろう。令嬢であったときも、芸妓であったときも、彼女はひとりの人間であることを否定されて、心を殺されて生きてきたのだ。

波田が遠慮がちに君子の背中をさすっている。心底、心配そうな顔をしていた。

ふいに鈴子は、はっと腰を浮かせる。波田と君子のうしろ、襖の前に一瞬、未央子の姿が薄く現れたかと思うと、すうーっと襖を通り抜けるようにして消えていった。

鈴子は立ちあがり、襖を開けて廊下に飛び出す。廊下にひと気はない。薄暗い奥のほうに、青褐色の着物のうしろ姿が見えた。君子が鈴子の横から顔を出す。あっと声をあげた。

「お姉様――」

未央子は廊下の角を曲がった。君子はあわててあとを追い、鈴子も廊下を走った。角を曲がっても、そこには誰もいない。

「安心なさったのではないかしら」

鈴子はつぶやく。角を曲がるとき、未央子の横顔には、やさしい笑みが浮かんでいたように見えたからだ。

きっともう、未央子は現れない。

君子はその場にくずおれて、また涙をこぼした。

座敷に戻った鈴子は、孝冬に「たぶん成仏なさったのだと思います」と告げた。

「それはよかった。いま、すこし波田さんと話していたのですがね——君子さん」

孝冬は目を赤くした君子に声をかけ、次いで波田に目を向ける。波田が口を開いた。

「私の知人に——知人などと言うのもおこがましいような、私などよりずっと立派で、地位も名誉もおありになるかたですが、そのかたのご夫人が、女学校を創設なさいまして」

降矢氏のことだろうか、と鈴子はちらりと思った。

「令嬢の通うような学校ではありません。貧しい女子にきちんとした教育を受けさせたいというご夫人の思いからできた学校で、生徒は職人や車夫などの娘だそうです。この学校に寄宿舎がありまして、どんな場に出ても困らぬよう、礼儀作法も教え込みたいとお考えなのですが、そうなりますと、なかなかいい舎監《しゃかん》のなり手がいないそうで、お困りなんです。あなたさえよかったら、舎監になっていただけませんか」

君子はぽかんとした様子で、赤い目をしばたたいている。

「こちらのお仕事のような華やかなものではありませんが、給金はこちらよりも高いです。住み込みですから、住む場所にも困りません。女学校の寮ですから、男はおりませんし、もちろん、酔っ払いなどもってのほかです。恐ろしい思いはせずにすむと思います」

波田の言っていることを理解するにつれて、君子の目は輝いた。彼女のこんな目を見るのは、はじめてである。

「よろしいのですか、そのような――」

「前々から、いいひとがいないか訊かれておりまして。あなたが引き受けてくださるなら、私もそのかたへの顔が立ちます」

このあたりの言いかたは、さすがに商売人らしい柔軟さがあった。

「拙速《せっそく》にお決めにならなくていいんですよ。まずご夫人に会って、学校もご覧になってからがいいでしょう。ご紹介しますから」

「よろしくお願いします」と、君子は弾んだ声で言い、ほほえんだ。花が咲きこぼれたような笑顔だった。

「――わたしはてっきり、波田様は君子さんに求婚なさるかと思いました」

帰りの車中で、鈴子はそう洩らした。

「そうですね。私もそう思って、おなじようなことを言ったのですが。波田さんは真面目なかただ。私にね、『それでは弱みにつけ込むようなものだから』と言いましたよ」

「まあ、公平なかたですこと」

「私は耳が痛かったですね」

孝冬は苦笑している。

「どうして？」

「どうしてって、わが身をふり返れば、私の求婚の仕方は褒められたものじゃあなかったでしょう」

鈴子はすこし黙り、それはそうであったな、とは思う。

「ひとと比べるものでもないでしょう。それに波田様は修行僧のようでいらっしゃるから」

「まあ、たしかに私は煩悩の塊ですね。真似はできないな」

「あなたはあなたでよろしいのではございませんか」

「鈴子さん、あんまり私を甘やかすと調子に乗るからいけませんよ」

「だってあなた、冷たくするとすぐ落ち込むじゃありませんか」

「冷たくするのはやめてください」

真剣な顔で孝冬は言う。

「ほどほどに、というのがいちばん難しゅうございます」

「じゃあ甘やかすほうでいいです」

「心に留めておきます」

孝冬の朗らかな笑い声が響く。夜の静けさの上を軽やかに転がるようだ。鈴子は孝冬が冷ややかな笑みを浮かべるよりも、いまのように楽しそうに笑ってくれるほうが好きだし、苦しげに悩む姿を見るより、甘えてくれるくらいのほうがいいと思う。

――これは、恋い焦がれている、というのとは違うのかしら……。

ちょっと違いますね、と孝冬は言いそうな気がする。そんなことを思いながら、鈴子は孝冬の楽しげな笑い声を聞いていた。


堀切は東京市近郊ののどかな農村地帯だが、花菖蒲で有名な行楽地で、江戸のころからいくつかの菖蒲園がある。小高園、武蔵屋といったところがよく知られている。

孝冬はその日、鈴子を誘って堀切へ花菖蒲を見に来た。

「もう見頃は過ぎたかと思いましたが、なかなか、いい風情ですね」

孝冬が言うと、「ええ」と言葉少なに鈴子はうなずいた。

小雨の降るなか、菖蒲池にはぽつぽつと花が咲いている。花は種々あり、濃い紫のものもあれば、白、紅紫、青……そうした花が緑の葉の合間に顔を出している。それが雨に煙っているさまは、一幅の絵のようだった。

茅葺き屋根の茶屋に憩い、ふたりは花菖蒲を眺めている。花の盛りを過ぎたからか、あるいは雨のせいか、見物人はすくない。茶屋の座敷は十畳ほどだが、そこにも客は孝冬と鈴子のほかは老婦人とその御付らしき女中がいるばかりだ。花時には街なかから大勢のひとがやってくるので、こうして茶屋でのんびり過ごすのも難しかっただろう。

ふたりのもとに茶と粟餅《あわもち》が運ばれてくる。小豆餡にくるまれた、こぶりの粟餅がふたつ並んでいる。あまり表情の変わらない鈴子の瞳が、それを見て輝くのを孝冬は確認した。

静かな小雨の音に耳を傾け、粟餅を味わう鈴子を眺める。いい時間である。

「こうしてのんびりするのも、いいものですね。鈴子さんがお隣にいてこそですが」

「あなたは平生《へいぜい》忙しすぎますから、ちゃんとお休みをとらなくてはいけません」

はは……と孝冬は笑う。

「前はのんびりするのがいやだったんですよ」

――いやでも考え事をしてしまうから。

という言葉を呑み込んだ。氷の塊が喉を通り、胃の底に落ちてゆく心地がした。

ふとしたときに、こんなふうに冷ややかさに刺される。うっかりと。日陰にいつまでも固く溶け残っている雪が、孝冬の胸のなかにはあるようだった。

「いまは……？」

と、鈴子が静かに訊いてくる。

いまは。そうか、と思う。

――いまは、そんなことはないな……。

ぼんやりする暇があれば、たいてい鈴子のことを考えているからだ。

「いまは好きになりましたよ。そうしたときには、ゆっくり鈴子さんについて考えることができますからね。いまもそうです」

そう言うと、鈴子は不思議そうに、

「こうして隣におりますのに、なぜわたしについて考えるのでございますか」

「考えるのは、またべつなんですよ。でも、そうですね、せっかくお隣にいてくださるのですから、話をするほうがいいな」

「では、なんのお話を？」

「うーん、そうだなあ。今度の休みには、なにを召しあがりたいですか？」

今夜の食事はすでに決まっている。千津を交えての食事会である。

「そうでございますね……ひさしぶりに鰻《うなぎ》もよろしゅうございますし……あるいはお鮨でも……ああ、でも軍鶏《しゃも》鍋というのも……」

淡々と悩む鈴子に、孝冬は笑いをこらえきれずにいる。

「休みごとに順番に食べに行くようにしましょうか」

「あら、でも来月は早々に淡路島へ行かねばならないでしょう？」

「ああ、そうでした、そうでした。じゃあ、淡路島でおいしいものをたくさん食べましょう。来月ごろなら鱸《すずき》や蛸《たこ》がおいしいでしょうね。あとは鰺《あじ》とか」

鈴子の瞳がきらめくのを孝冬は見た。鈴子は表情こそ変わらないが、目にはよく感情が出ていると思う。観察しているとよくわかる。いまも鈴子はおそらくひとしきり淡路島の海の幸に思いを馳せたあと、『いや、遊びに行くわけではないのだ』とはっとして気持ちを引き締めた——というふうに見える。孝冬は微笑を浮かべた。こうしたときの彼女はかわいらしく、愛おしいと思う。もちろん、毅然とした鈴子も、敢然とした鈴子も愛おしく、尊い。孝冬はいつも鈴子の前にひれ伏したくなる。彼女はあたたかくて、まぶしい。日陰の雪などすぐに溶けてゆく。

「淡路島行きは、気楽に構えてください。淡路の君のことだって、そうすぐにはわかりませんよ。あまり気張らず、物見遊山だと思ってくださったらいいのですよ」

鈴子は孝冬の顔をまじまじと眺めた。

「あなたはどうして、わたしの考えていることがわかるのかしら」

と、つぶやく。「まるで千里眼のよう」

孝冬は笑った。鈴子と話しているとすべてが清々しく、明るく感じられる。

「花を見てまいります」

粟餅を食べ終えた鈴子は、座敷をおりて傘を手にとり、菖蒲池へと近づいてゆく。雨空は薄暗いが、鈴子のまわりだけ輝いて見える。

「お美しい奥様でございますね」

近くに座っていた老婦人が、孝冬に話しかけた。孝冬がふり返ると、会釈をする。身分ある婦人のようで、そばに御付の女中が控えていた。豊かな白髪を丸髷に結っている。この歳になると毛量は減って髷も小さくなるものだが、この老婦人は見事な髷である。顔立ちには品があり、首がすっと長く、伸びた背筋も美しい。黒紋付の羽織に、松葉色の小紋がまたよく似合っている。

「ご挨拶もなく、出し抜けにお声がけして申し訳ございません。花菖蒲の前にいらっしゃる奥様が、絵のようにお美しいと思ったものですから」

孝冬は柔和に目を細めた。

「まったく同感です」

「あら、まあ……ほほ」

あけっぴろげな言いように驚いたのか、老婦人はすこし目をみはったあと、口もとを押さえて笑う。

「よいご主人ですこと。お若いかたは、うらやましいわ」

老婦人は笑顔のまま鈴子に目を移す。いかにもほほえましい、というまなざしだった。

「わたくしがついお声をおかけしてしまいましたのは、奥様が懐かしいかたによく似ていらしたのもあって……」

「ほう、懐かしいかたですか。もしや、ご自身のことですか？」

「まあ……」老婦人はまた上品な笑い声をあげる。

「そうであればよかったのですけれど。残念ながら、若いころも奥様ほどの器量はございませんでした。懐かしいかたと申しますのは、友人のことでございまして……。美しい娘でございました。もうとうに亡くなってしまいましたが……」

老婦人はさびしげに目を伏せる。

「彼女には忘れ形見のひとり娘がおりましたが、あるとき家を出奔してしまい、以後行方知れずでございます。生きていれば三十六、七でございましょうが、いまごろ、どこでなにをしているやら……」

孝冬はふと関心を覚え、老婦人に尋ねた。

「失礼ですが、そのご友人のお名前は、なんとおっしゃるのですか」

老婦人は、はっとしたように顔をあげ、

「あら、わたくしったら、他人様にこんな話を……。お聞き捨てくださいませ」

孝冬の問いには答えず、微笑した。

「雨もやんでまいりましたようで、このあたりで失礼いたします」

老婦人は軽く頭をさげると、腰をあげる。

「またお会いする機会もございましょう。――花菱男爵」

そう告げたときには、老婦人はすでに背を向けていた。孝冬はそのうしろ姿を眺める。羽織の背と両袖に染め抜かれた家紋が、薄暗い座敷のなか、いやにくっきりと見えた。一羽の鳥の紋だ。雁に似ている。雁紋の一種か。

こちらの知らぬうちに顔や名前を知られているのは、仕事のうえでも身分のうえでも、慣れているが。

――鳥か……。

「孝冬さん、雨もやんでまいりましたし、花をご覧になりませんか」

鈴子が呼びかけてくる。孝冬はそちらをふり向いた。

「めずらしい色の花菖蒲がございます。あなたはご存じかしら。わたしははじめて拝見いたしました」

鈴子の声はいくらか弾んでいる。見かけぬ花を見つけた喜びを、孝冬と分かち合おうとしてくれる心がうれしい。

「どれですか。あなたがお望みでしたら、うちの庭にも植えましょうか」

孝冬はいそいそと座敷をおりて鈴子のもとに歩みよる。いつのまにか雨はあがり、菖蒲の葉に露が輝いていた。

光文社文庫

文庫書下ろし
花菱夫妻《はなびしふさい》の退魔帖《たいまちょう》　二
著者　白《しら》川《かわ》紺《こう》子《こ》

2023年5月20日　初版1刷発行
2024年6月20日　4刷発行

発行者　三宅貴久
印刷　新藤慶昌堂
製本　フォーネット社

発行所　株式会社　光文社
〒112-8011　東京都文京区音羽1-16-6
電話　(03)5395-8149　編集部
8116　書籍販売部
8125　制作部

落丁本・乱丁本は制作部にご連絡くだされば、お取替えいたします。
ISBN978-4-334-79536-8　Printed in Japan

組版　萩原印刷

光文社文庫　好評既刊

花野　藤原緋沙子
寒梅　藤原緋沙子
秋の蟬　藤原緋沙子
隅田川御用日記　雁もどる　藤原緋沙子
永代橋　藤原緋沙子
江戸のかほり　藤原緋沙子・菊池仁編
江戸のいぶき　藤原緋沙子・菊池仁編
いくつになっても　江戸の粋　細谷正充編
逃亡（上・下）新装版　松本清張
きりきり舞い　諸田玲子
相も変わらず　きりきり舞い　諸田玲子
旅は道づれ　きりきり舞い　諸田玲子
刀と算盤　谷津矢車
山よ奔れ　矢野隆
だいこん　山本一力
つばき　山本一力
鷹の城　山本巧次

岩鼠の城　山本巧次
御家人風来抄　天は長く　六道慧
月の牙　決定版　和久田正明
風の牙　決定版　和久田正明
火の牙　決定版　和久田正明
夜の牙　決定版　和久田正明
鬼の牙　決定版　和久田正明
炎の牙　決定版　和久田正明
氷の牙　決定版　和久田正明
紅の牙　決定版　和久田正明
妖の牙　決定版　和久田正明
海の牙　決定版　和久田正明
魔性の牙　決定版　和久田正明
狼の牙　和久田正明
夜来る鬼　決定版　和久田正明
桜子姫　決定版　和久田正明
黄泉知らず　決定版　和久田正明

光文社文庫　好評既刊

社内保育士はじめました4　貴水　玲
社内保育士はじめました5　貴水　玲
思い出トルソー　貴水　玲
霊視るお土産屋さん　平田ノブハル
霊視るお土産屋さん2　平田ノブハル
霊視るお土産屋さん3　平田ノブハル
不思議な現象解決します　広野未沙
碧空のカノン　福田和代
群青のカノン　福田和代
薫風のカノン　福田和代
江戸川西口あやかしクリニック　藤山素心
江戸川西口あやかしクリニック2　藤山素心
江戸川西口あやかしクリニック3　藤山素心
江戸川西口あやかしクリニック4　藤山素心
江戸川西口あやかしクリニック5　藤山素心
江戸川西口あやかしクリニック6　藤山素心
豆しばジャックは名探偵　三萩せんや
豆しばジャックは名探偵2　三萩せんや
食いしんぼう魔女の優しい時間　三萩せんや
水神様の舟　芳納　珪